W0364554

Metta
Kinau
Verlag

Herausgegeben von Bettina Plenz
© Metta Kinau Verlag · Bettina Plenz · Dietrich Meine
Ottenser Hauptstr. 48 · 2000 Hamburg 50 Tel. 040-39 40 12
Alle Rechte vorbehalten
Herstellung: Druckwerkstatt Ottensen
ISBN 3-920 641-09-4
2. Auflage 1994

Gedruckt auf Recyclingpapier, hergestellt aus 100% Altpapier

Der kleine Märchentraum

Metta Kinau Verlag

Herausgegeben von
Bettina Plenz

Die Blumen der Prinzessin vom gelben Schloß

Ausgedacht von Robert Habeck
Abgeschrieben von Jörn Plenz
Illustriert von Uta Clemens

Es gibt noch Prinzessinnen. Jch weiß es, weil ich selbst einmal eine getroffen habe. Aber da war sie schon eine alte Frau mit dem warmen Gesicht einer alten Frau. Sie war sehr schön, als sie jung war, wie es nun mal alle Prinzessinnen sind. Jhr Vater besaß ein großes Schloß, so groß, daß die Prinzessin sich nie sicher war, ob sie schon alle Zimmer des Schlosses kannte. Aber das Besondere an dem Schloß war nicht seine Größe, sondern seine Farbe. Alle anderen Schlösser sind weiß, ganz selten ist mal eines rot. Dieses Schloß aber war gelb. Gelb wie in seltenen Nächten der Vollmond. Nur oben unter dem Dach war es braun und schwarz. Dort hatten nämlich Schwalben ihr Nest gebaut.

Das Leben der Prinzessin war glücklich. Sie stand morgens auf, wann immer sie wollte. Manchmal war es sogar schon Mittag. Und auch dann begann sie ihren Tag mit dem Frühstück. Und das dauerte bis zum Nachmittag. Danach ging sie oft mit den Hunden ihres Vaters im Wald spazieren. Der König hatte zwei Hunde, einen riesengroßen grauen und einen kleinen Dackel. Der große Graue sah aus wie ein Wolf und war tapsig wie ein Bär, es machte Spaß zuzugucken, wenn die beiden miteinander spielten. Der Große schüttelte den Kleinen mit einem Wink seiner Tatze ab, und dem Dackel gelang es ab und zu, dem Großen zwischen den Beinen durchzuwitschen.

Wenn die Prinzessin vom Spaziergang zurückkam, trank sie Tee. Das dauerte ebensolange wie das Frühstück. Und am Abend traf sich die ganze Königsfamilie im großen Schloßsaal. Die zwei Brüder der Prinzessin machten Musik, manchmal begleitete die Prinzessin sie mit ihrer Flöte, und das war besonders schön. Ihre Schwester

malte oder nähte, und die Prinzessin erzählte, daß sie im Wald einen roten Schmetterling auf einer blauen Blume gesehen hatte.
»Du bist ein richtiges Blumenkind«, spotteten ihre Brüder, ohne es ernst zu meinen.

Die Prinzessin war so beschäftigt mit ihrem Leben, daß sie gar nicht merkte, wie sie älter wurde und wie eine Frau aussah. Viele Prinzen kamen und warben um sie.

Sie prahlten alle mit ihren Heldentaten und ihrem Mut. Einige hatten sogar mit bloßen Händen einen Bären erwürgt. Aber das beeindruckte die Prinzessin wenig, sie kannte ja ihren Dackel, der einem Hund, der so groß war wie ein Bär, leicht zwischen den Beinen hindurchschlüpfen konnte. Die Prinzessin lud die Prinzen alle zum Tee ein und ging mit ihnen spazieren. Abends erzählte sie dann, wie viele neue Freunde sie gefunden habe und wie nett und tapfer sie seien. Es gefiel der

Prinzessin gut, soviel Besuch zu haben, denn sie konnte nun auch anderen die Farben der Blumen in den Wiesen zeigen. Aber verlieben tat sie sich in keinen.

»Sind sie dir nicht hübsch genug?« fragte ihr Vater, der gerne wollte, daß seine Tochter sich für einen der Prinzen entschied. Er hatte gerne seine Ruhe, und das Regieren war sehr anstrengend, solange die Prinzessin nicht verheiratet war, das war klar, denn jeden Tag kamen neue Verehrer. Aber er drängte seine Tochter nie.

Eines Morgens sammelten sich die Schwalben am Himmel. Zuerst in der Form eines großen, schwarzen Sterns, dann flogen sie los in Richtung Süden, und der Schwalbenschwarm sah aus wie die langen Arme eines V. Die Prinzessin saß mit einer dampfendheißen Tasse Tee an einem Fenster des gelben Schlosses. Sie schaute durch das verkochende Wasser nach draußen. Und auf einmal sah es aus, als fiele der Dampf zurück in ihre Tasse. Es begann zu schneien. Eine graue Decke rieselte vor ihrem Fenster in den Garten. Lange blickte die Prinzessin in das Fallen. Und durch die immer gleiche Langsamkeit vergaß sie die Zeit.

Es läutete die große Besucherglocke im Hof. Die Prinzessin schrak aus dem Schneetraum hoch. Sie ging zu einem anderen Fenster und sah den Hofpförtner mit einem Mann sprechen, der ein Pferd am Halfter hielt. Dann führte der Pförtner das Pferd fort, und der Fremde ging auf die Tür zum Schloß zu. Die Prinzessin lief zur Tür. Sie nahm sich vor, schneller an der Tür zu sein, als der Prinz mit der zweiten, etwas kleineren Glocke klingeln konnte. Auf dem langen Korridor mit den vielen dunklen Bildern überholte sie den Hauspförtner, der die Glocke im Hof ebenfalls gehört hatte. Die Prinzessin riß die Tür auf, noch bevor der Besucher klingeln konnte. Der Hauspförtner schüttelte ein wenig resigniert den Kopf, aber er hätte den Anstand des Schlosses nur wahren können, indem er schneller gewesen wäre als die Prinzessin.

Der Fremde war ein Prinz, das sah sie sofort. Aber das hätte die Prinzessin ohnehin auch schon vorher sagen können. Er kehrte ihr den Rücken zu und guckte in das graue Sinken der unendlich fallenden Flocken.

»Er war groß, soviel größer als ich, und er hatte kurzgeschnittenes dunkles Haar«, erzählte mir die Prinzessin, die schon eine alte Frau war, denn von ihr weiß ich diese Geschichte. Und sie lächelte, weil sie sich erinnerte.

»Er drehte sich auch nicht um, als ich die Tür aufgemacht hatte. Als er schließlich doch zu mir herunterschaute, sah er ganz verwirrt aus. Und seine Augen glänzten und glitzerten, daß sie wie Sternschnuppen aussahen.«

»Hallo«, sagte der Prinz.

Der Prinz kam aus dem Nachbarreich. Er hatte ab und zu von der Prinzessin gehört, die in einem gelben Schloß leben sollte, aber so recht hatte er nie Zeit gefunden, sich zu überlegen, ob er der Sache nachgehen sollte. Er war ein sehr beschäftigter Prinz. Er mußte sich um die Ländereien seines Vaters kümmern und auch noch um die Pferdeställe. Zu seinen Aufgaben gehörte ferner die Teilnahme an den wöchentlichen Thronratssitzungen und die tägliche Unterweisung in den Staatsfinanzen. Am Wochenende übte er dann mit dem Fechtmeister, wie man ein Feldherr wird.

»Warum?« fragte die Prinzessin.

»Warum was?« Der Prinz verstand nicht, was sie meinte.

»Warum machst du alle diese Dinge?«

»Damit ich sie irgendwann genauso gut kann wie mein Vater.«

»Aber warum?«

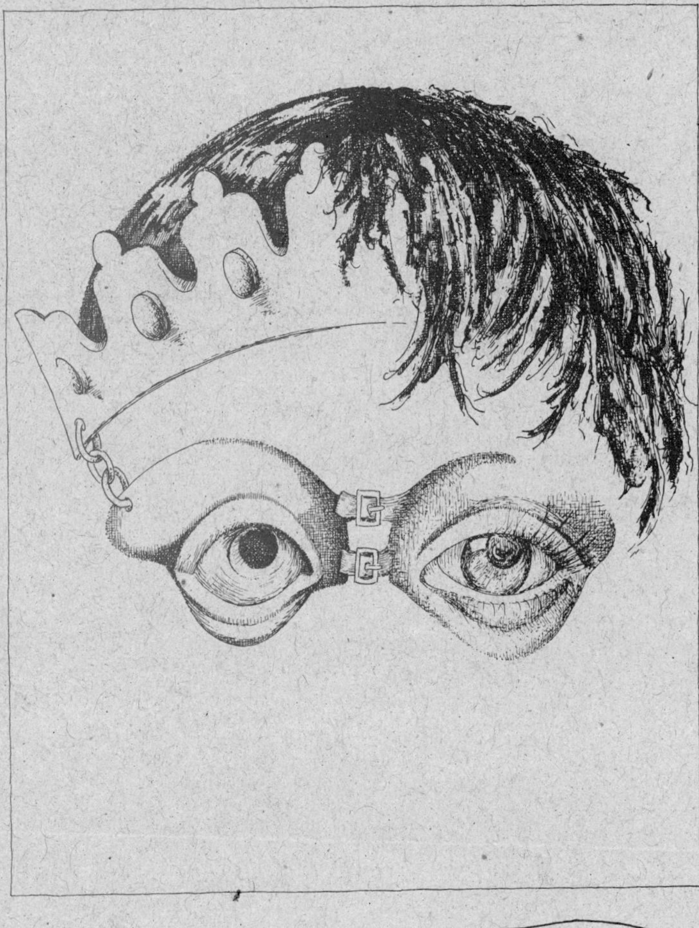

»Na, weil ich doch auch einmal König werden will.« Das scheint ja eine ziemlich dumme Prinzessin zu sein, dachte der Prinz.

»Aber du wirst doch automatisch König.«

»Aber kein guter. Dafür muß nämlich etwas getan werden. Das fällt einem nicht einfach so in den Schoß. Das habe ich gestern von meinem Philosophielehrer gelernt, daß einem das Glück nicht in den Schoß fällt, sondern erarbeitet werden muß.«

»Und deshalb lernst du all diese Dinge, wie Recht und Kämpfen und wie Geld verwaltet wird?«

»Genau!«

Die Prinzessin schwieg. Sie sah dem Prinzen in die Augen, aber so, daß er es nicht merkte. Seine Augen waren anders als vorhin. Nicht mehr verwirrt, dafür aber ein wenig schmaler.

»Und stumpf waren sie geworden, ganz stumpf,« erzählte die alte Frau weiter, »alles Glitzern war verschwunden.«

Auch ihn lud die Prinzessin zum Tee. Und als sie mit den Hunden gingen, begann es wieder zu schneien. Die Prinzessin dachte, daß dies der erste Tag war, an dem sie die Blumen nicht zeigen könnte. Der Schnee lag schon fußhoch. Und ihre Schritte knirschten beim Aufsetzen. Der Prinz redete viel von seiner Ausbildung und noch mehr von seiner Zukunft, die eine große sein sollte.

»... und so habe ich mir gedacht, du brauchst natürlich noch eine Frau. Sonst kannst du ja nie einen Thronfolger haben.«

»Warum nicht?« fragte sie. Aber diesmal ging der Prinz nicht darauf ein, er guckte nur entrüstet. Aber um seine Augenwinkel spielte ein kleines glitzerndes Lächeln. Das sah die Prinzessin. Sie war sehr gut darin, kleine Lächeln zu sehen. Und sie dachte: Wenn er doch nur wieder so gucken würde wie in der Tür, als ich ihm aufgemacht habe, da waren seine Augen sehr schön.

»Willst du meine Frau werden? Die Reiche unserer Väter liegen nebeneinander. Das ist sehr günstig«, sagte er.

»Ja«, sagte die Prinzessin und hatte nicht überlegt, »aber du mußt mir etwas bringen, etwas Seltenes, wie in einem Märchen.«

»Klar«, sagte der Prinz, »ich habe schon mal mit bloßen Händen einen Bären...«

»Nein, nein«, wehrte sie ab, »ich will keinen erwürgten Bären. Außerdem haben das schon alle gemacht. Meine Aufgabe ist eine andere. Ich wünsche mir einen Schneeblumenblütenstrauß. So viele Schneeflocken wünsche ich mir, wie in die Tasse passen, aus der wir vorhin getrunken haben. Aber du mußt sie selbst gefangen haben.«

»Die Tasse war nicht sehr groß, müssen Sie wissen, oder finden Sie, daß die Tasse, aus der Sie gerade Tee trinken, eine große ist?« Die alte Dame lächelte mich an. »Ihn aber hat diese Aufgabe sehr verwirrt.

Er war richtig durcheinander.«

Und die Prinzessin guckte ihm in die Augen. Da war es wieder, dieses Flackern von Ratlosigkeit. Aber nur ganz kurz. Jmmerhin lange genug für die Prinzessin: »Jch werde ihn um diesen Ausdruck in seinen Augen lieben.«

Der Prinz war nicht lange verwirrt. Das war ganz und gar nicht seine Art. Er lief sofort los. Sprang in die Luft, daß er aussah wie der Ziegenbock vom Bauern, bei dem die Prinzessin immer Milch holen ging. Und die Hunde sprangen auch hoch und freuten sich, daß jemand mit ihnen spielte. Zum Ziegenbock vom Bauern durften sie nie mit. Er griff nach den Flocken, aber sie fielen ihm durch die Hände, und wenn er tatsächlich eine gefangen hatte, zerfloß sie ihm in der Hand, noch bevor er sie auf den Platz legen konnte, den er als Sammelstelle für den Schnee bestimmt hatte. Seine Verwirrung nahm wieder zu. Er konzentrierte sich und suchte eine dicke Schneeflocke aus. Er ging in die Hocke, holte Schwung – und sah sie nicht mehr. Tausende und abertausende andere hatten sie unter sich versteckt. Jhm wurde schwindelig von der millionenhaften Gleichheit des Fallens. Dann fiel ihm ein, daß die Prinzessin ihn nicht heiraten würde, und er begann zu schwitzen. Er sah zu ihr hin. Die Prinzessin war auf einen Baum geklettert und lächelte ihn an. Da strengte er sich noch mehr an. Er sprang höher als jemals zuvor. Aber es war wie verhext: Keine Flocke blieb in seiner Hand. Stunde um Stunde japste er so durch den Wald. Den Hunden wurde die Sache langsam langweilig. Aber der Prinz gab nicht auf, er war auch sehr hartnäckig. Und schließlich wollte er die Prinzessin unbedingt heiraten. Es wurde dunkel. Der Prinz tat einen letzten Satz und brach erschöpft vor der Prinzessin zusammen. Er lag vor ihr im frischen Neuschnee und rang nach Luft. Die Prinzessin lächelte noch immer, vielleicht sogar mehr als jemals zuvor.

Sie strich ihm die verklebten Haare aus der Stirn.

»Es ist egal und macht gar nichts«, sagte sie. »Ich habe gesehen, wie sehr du dich angestrengt hast. Ich werde dich heiraten.«

Und da war es wieder, dieses Glänzen in seinen Augen.

»Wir merkten, daß wir beide sehr glücklich waren. Er wollte aufstehen, und als er an sich herunterblickte, hatte sich schon eine richtig dicke Schneedecke auf seiner Jacke gebildet. Er verharrte in der Bewegung und blickte mich an.

›Schnell‹, sagte er, ›hol die Tasse, hier ist der Schnee, den du wolltest.‹

Und zum ersten Mal lachten wir beide gemeinsam.«

Die alte Frau stand auf und holte die Teekanne aus der Küche. Durch die offene Tür hörte ich sie: »Es ist ihm nämlich doch in den Schoß gefallen, sein Glück, nur mit den Händen hat er es nicht so recht greifen können.«

Und ich stellte mir vor, wie die Prinzessin, die jetzt eine alte Dame ist, durch den Dampf des frischen Tees lächelte.

Ladeweik und die Flaschengeister

Ausgedacht von Christian Schloßer
Abgeschrieben von Maria Hackmann
Illustriert von Jörn Plenz

Eigentlich hatte Kobold Ladeweik nicht vorgehabt, jemals seßhaft zu werden. Als Waisenkind war er sich lange genug eingesperrt vorgekommen. Wenn man auf Wanderschaft ging, wurden einem Land und Leute und die vielen Möglichkeiten, die das Leben bietet, viel eher vertraut. Als der Kobold nun aber eines Tages auf einer vielbereisten Waldstrecke eine geborstene Brücke vorfand, besann er sich anders. Die alte Überführung hatte der gewaltigen Schneeschmelze nicht standgehalten. Wenn man eine neue, stabile Brücke über den Fluß baute, warum nicht gleich zu dem Zweck, Passanten zu bewirten, ihnen eine nächtliche Bleibe zu bieten und Neuigkeiten auszutauschen?

Eine solche Hausbrücke kam Ladeweiks Traum von aufregenden Begegnungen, nach denen er sich als Kind gesehnt hatte, ziemlich nah.

Seine Kindheit lag größtenteils im Dunkeln, doch glaubte er sich an eine Festung zu erinnern, die Waisenkindern wie ihm vorbehalten war und von einem argwöhnischen Zauberer bewacht wurde. Jene Burg hatte der damalige König später wutentbrannt schleifen lassen, weil – ja, warum eigentlich?

Wenn dies Märchen ein Schattenspiel wär', so erschiene nunmehr alles schwarz, denn Ladeweiks Gedächtnis tat sich mit dieser Erinnerung schwer.

Jedenfalls hatte er rechtzeitig die Flucht ergriffen und sich vorgenommen, niemals wieder in Gefangenschaft zu geraten oder auch nur an einen Ort gebunden zu sein.

Diese lauschige Stelle am Bach nun hatte ihn gegen seinen Willen bezaubert. Das kühle Moos, die reine Luft, die vielfingrigen Schatten, das Sonnenlicht, wie es sich in den Baumkronen verfing – Ladeweik sah in dem trägen Wasser bereits ein Mühlrad sich drehen. Er machte sich mit Koboldskräften an die Arbeit, und noch bevor die Bauern ihr Erntedankfest feierten, war das Brückenhaus samt Mühle fertig und fügte sich, aus Fels, Holz und Stroh erbaut, wunderbar in die Umgebung ein. Darunter dümpelte ein Boot, dessen Leine war an einer Stiege befestigt, und am anderen Ende dieser Leiter befand sich eine Luke, die ins Haus führte. Für den Notfall, dachte Ladeweik.

Ladeweiks Rechnung ging auf. Aus aller Herren Länder fanden sich Leute bei ihm ein, und Ladeweik, der Brückenwirt, wurde stromauf, stromab als einer gelobt, der immer auf dem laufenden war und noch den erbärmlichsten Streuner mit offenen Armen empfing. Eine Hand wusch die andere, der Tauschhandel blühte. Weder litt Ladeweik Not, noch brauchte bei der Beköstigung seiner Gäste Schmalhans Küchenmeister zu sein.

Wenn dies Märchen ein Hörspiel wär', so würden wir nunmehr lustiges Geplauder, die Musik fahrender Sänger und Trinksprüche vernehmen.

Mit dem Einbruch des Winters blieben die fidelen Gäste zwar aus, doch hatte Ladeweik einen weithin berühmten Mann kennengelernt, der ihm die finstere

Jahreszeit mit Geschichten versüßte.

Dieser Mann war ein Doktor der Heil- und Zauberkunst. Er nannte Ladeweik, seinen geduldigsten Zuhörer, mitunter „Prachtkerl", und war das Wort gefallen, so lachten beide, daß die Eiszapfen unter der Brücke einvernehmlich klirrten. Wurden Kobold und Doktor des Erzählens müde, trieb es sie mit ihren Laternen zum nächtlichen Eisstockschießen an die frische Luft. Später pflegte ein guter Tropfen ihre Glieder zu wärmen.

„Ich kannte mal einen strengen Zauberer, der besaß in seiner Burg einen ganzen Keller mit allerlei Weinen und Wässerchen", fühlte sich der Doktor dann und wann zum Erzählen ermutigt. Da wurde Ladeweik stets still, bis sein Freund es mit einem neuerlichen „Prachtkerl" versuchte und einmal mehr Unangenehmes ruhen ließ. Obwohl Ladeweik den Doktor aufrichtig mochte, war er froh, daß der seine Gastfreundschaft nicht über Gebühr in Anspruch nahm.

Der Frühling nahte. Die Brücke hielt dem fortfließenden Winter stand, das kleine Boot konnte wieder zu Wasser gelassen werden. Ladeweik stellte sich auf die ersten Reiselustigen ein, obwohl es seit Tagen junge Katzen regnete. Er tat gut daran, denn soeben pochte Maunzenfei an die Osttür. Ladeweik schleuderte auf seinem Weg zum Eingang vorsorglich Holz in den Kamin, setzte flugs in der Küche Suppe auf, schnappte sich in der Diele den bereitliegenden Bademantel für Gäste und schloß auf. Maunzenfei stürmte an Ladeweik vorbei, schüttelte sich in der Diele, lief schniefend durch die Küche, nieste kurz am Kamin und war, ehe sich der Hausherr versah, zur unverschlossenen Westtür hinaus. Derart von ihrem katzenhaften Wesen überwältigt, setzte er ihr nach und rief, sie könne doch ein wenig bei ihm verweilen. Maunzenfei drehte sich um und rief zurück, sie habe doch nur über den Fluß gewollt. Keiner verstand den anderen.

Wenn dies Märchen ein Marionettenspiel wär', so würden die Fäden an den Puppenärmeln nunmehr aufs heftigste gezogen.

Der Kobold ging zögernd hinaus, Maunzenfei kam langsam zurück, bis sie, triefendnaß, einander in die Augen sahen. Ladeweik verliebte sich auf der Stelle in sie.

Maunzenfei hatte es nicht vorgehabt, aber sie blieb, und bald begrüßten beide als Paar eine ganze Schar ausgelassener Hochzeitsgäste. Doktor Morgentau ließ es sich nicht nehmen, ihnen eine kobaltblaue Flasche mit selbstgebrautem Frohmuts-elixier zu schenken. Ladeweik mußte sich entschuldigen, denn beim Anblick der Flasche wurde ihm übel. So entging dem Kobold, daß die Gäste traditionsgemäß die Braut entführten. Der zurückgelassene Doktor bemerkte derweil, daß es in diesem Haushalt zwar Karaffen, Schalen und Humpen gab, doch offensichtlich keine einzige Flasche. Er füllte das Elixier in eine Kanne um und flößte Ladeweik davon ein wenig ein. Kaum war der Kobold wieder wohlauf und hatte sich bedankt, da fühlte er sich Manns genug, seiner Braut nachzusetzen. Der Doktor wollte ihm die Freude nicht nehmen und kleidete seine Bedenken in einen Ratschlag: „Sollte dich einmal etwas bedrücken, Prachtkerl, dann komme zu mir und sprich dich aus!" Ladeweik nickte ungeduldig, lief lachend los und hatte noch viel Spaß am Trubel des Tages und an der trauten Zweisamkeit bei Nacht.

Doktor Morgentau teilte die Freude der Vermählten – wie man hörte – nicht. Bierernst sei er geworden, hieß es in der Nachbarschaft. Tatsächlich besuchte er den Kobold nur selten. Schließlich stattete Ladeweik ihm einen Besuch ab.

„Ich plane eine Reise, Prachtkerl, und treffe Vorbereitungen", erklärte der Doktor. „Der Anlaß ist wenig erfreulich: ein totgeglaubter Feind. Mein Entschluß steht fest, da beißt die Maus keinen Faden ab. So leb denn wohl und grüße mir die Frau Gemahlin." Doktor Morgentau brach auf, und der Brückenwirt sah ihm wehmütig nach. Wie gerne würde ich eine Reise machen, dachte

Ladeweik, aber er war nun in festen Händen und mußte Rücksicht nehmen. Auf Maunzenfei Rücksicht zu nehmen hieß in seinen Augen bald, ihre zahlreichen Launen zu ertragen. Außerdem reagierte sie auf die einfachsten Dinge empfindlich. Von Obst bekam sie Ausschlag, von Sonnenschein Pickel, und Blütenpollen ließen ihre Augen tränen. Alle Freuden der Natur wurden Ladeweik verleidet durch Maunzenfeis Abneigungen. Er wußte sich einfach nicht auf sie einzustellen.

Dem Kobold fiel auf, daß nur noch wenige Wandersleute zur Brücke fanden, und für Ladeweik stand fest, daß auch sie sich an Maunzenfeis Gesellschaft störten. Nur hatten sie es besser getroffen, denn sie durften einfach andere Wege einschlagen. Mit jedem Seufzer, den Ladeweik ausstieß, mit jedem Kummer, der seine Brust bewegte, wurde sein Herz sorgenvoller. Es wimmerte und wummerte, und jeder Schlag geriet heftiger als der vorausgegangene. An Schlaf war nicht mehr zu denken. Maunzenfei verbrachte die Nächte bereits in einem anderen Zimmer, denn Ladeweiks Herz war lauter als das schlimmste Schnarchen und lästiger als ein tropfender Wasserhahn. „Freisein, freisein!" forderte es. Warum kann sie keiner Sache etwas Schönes abgewinnen, dachte Ladeweik, denn mit steigender Angst, er könne platzen, wurde er zunehmend ungerecht.

Als Maunzenfei sich ihrer Gesundheit wegen genötigt sah, dem Kater eines alten Mütterchens den Eintritt zu verwehren, war für Ladeweik das Maß voll. Er kaufte der Alten das Vieh heimlich ab und schleuste es in Maunzenfeis Schlafzimmer. Ihre Schreie baren Entsetzens gingen in Ladeweiks

Herzklopfen unter. Die Schadenfreude war nur von kurzer Dauer. Maunzenfei ließ sich nichts weiter anmerken. Sie zeigte auch jetzt nicht ihre Krallen, und ein Blick in ihre dunkelgrünen Augen, sofern er ihr überhaupt noch in die Augen zu schauen wagte, war wie der in ein stilles Gewässer.

Ladeweiks schlechtes Gewissen wollte ihn nicht zur Ruhe kommen lassen. So packte er bei Nacht und Nebel seine Siebensachen, füllte ein wenig von jenem Frohmutselixier ab, kletterte durch die Luke ins Boot und ließ sich den Fluß hinabtreiben. Es ist besser so, dachte Ladeweik und fühlte sich gar nicht mal schlecht dabei.

Und wenn dies Märchen ein Kartenspiel wär', so würde der Stapel jetzt neu gemischt.

Aus dem Fluß wurde ein breiter Strom, aus dem Strom ein Meer, und bereits am siebten Tag seiner Reise lief Ladeweik barfuß einen Strand aus feinstem Sand entlang, der verlassen war. Hier entdeckte er den Schiffbrüchigen.

Der Schiffbrüchige war bewußtlos und niemand anders als der gestrandete Doktor Morgentau. Das Trommeln des Koboldherzens holte ihn noch einmal ins Leben zurück.

„Ich habe ihn besiegt, Prachtkerl!" sagte der Doktor.

„Wen?" fragte Ladeweik und ahnte Böses.

„Den Zauberer Itzelot. Jenen Mann, der dich und tausend andere Waisen unter dem Schutzmantel der Wohltätigkeit aufnahm, um in Wahrheit sein Unwesen mit euch kleinen Geistern zu treiben. Was er euch nahm, füllte er in Flaschen ab." Ladeweik erschauerte.

Der Doktor entnahm seinem zerlumpten

Mantel ein Fläschchen mit der Aufschrift „Edelmut", trank den Rest aus und fuhr fort: „Itzelot konnte dem Zorn des Königs entfliehen und sieben Flaschen aus der Festung retten, er brachte sie auf die Insel Lattenstein, und er baute die Kupferfestung Pöllbuni, in der kein Leben gedeihen will, und dort befinden sich die Flaschen noch immer. Bevor ich Itzelot erschlug, entriß ich ihm ein Geheimnis: In einer der Flaschen steckt ein Teil von dir, frag mich nicht, in welcher. Und verlangst du zu erfahren, warum ich dieses Wagnis eingegangen bin, so laß mich dir sagen, ich habe als dein Freund deine Not erkannt und entsprechend gehandelt. Nun verrate mir, was machst du hier ganz ohne Weib?" Nun kam auch Ladeweik mit der Sprache heraus.

Und wenn dies Märchen ein Lichtspiel

wär', so blendete es vielfach ins Gestern zurück.

Doktor Morgentau verstand, daß eingetroffen war, was er befürchtet hatte. Er hatte die Zauberflaschen vorsichtshalber auf Lattenstein zurückgelassen und sie somit vor einer gigantischen Flut, dem letzten Fluch des Zauberers, bewahrt, der das Schiff des Doktors zum Kentern gebracht hatte. Nun sei es an Ladeweik, in Pöllbuni einen Bannkreis zu ziehen, die richtige Flasche auszumachen und sein ursprüngliches Ganzes wiederherzustellen.

„Eine Warnung muß ich dir mit auf den Weg geben", flüsterte der Doktor, bevor er die Augen für immer schloß, „öffnest du eine andere Flasche als die deine, so mußt du dem innewohnenden Geist, ob gut oder böse, glaubhaft machen, daß du seiner nicht bedarfst. Andernfalls würde er in dich fahren, und das kann üble Folgen haben. Denk an meine Worte, Prachtkerl!" Seine Stimme erstarb.

„Wie erkenne ich denn, welcher Geist zu mir gehört?" fragte Ladeweik. Als keine Antwort kam, verstand er, daß der Doktor vom irdischen Dasein erlöst worden war, und er begrub ihn. Dem Kobold hing das Herz schwer in der Brust, aber es war ruhig geworden. Es weinte wohl leise mit.

Bevor sich Ladeweik auf den Weg ins nächste Fischerdorf machte, trank er von seinem Frohmutselixier.

Und wenn dies Märchen ein Glockenspiel wär', so würde sich sein reiner Klang nunmehr zu himmelshellen Lauten der Freude erhöhen, denn Wohlsein umfing den Kobold, kaum daß er das Gefäß abgesetzt hatte.

Der erste Fischer, der ihm begegnete, erkannte ihn als den sagenhaften Brückenwirt. Der Mann erzählte vom Unglück, das mit einer furchtbaren Flutwelle über sein Dorf gekommen war. Als er erfuhr, daß ein böser Zauberer seine Hand im Spiel gehabt hatte, versprach er dem Kobold ehrfürchtig, ihn am nächsten Tag mit dem einzigen noch seetüchtigen Fischerboot auf die Insel Lattenstein zu bringen, damit wieder Gutes gezeitigt würde. Der Fischer hielt Wort, legte aber, nachdem sich Ladeweik zur höhergelegenen Festung Pöllbuni aufgemacht hatte, ängstlich wieder ab.

Über den kupferroten Zinnen lag ein grausames Schweigen, und wäre Ladeweik nicht frohen Mutes gewesen, er hätte die Beine in die Hand genommen. So aber sang er frei heraus: „Ich bin der Kobold Ladeweik, beim

Kuchenbacken nasch' ich Teig, und mit 'nem bißchen Koboldglück krieg' ich das größte Kuchenstück!" Er durchschritt furchtlos das Tor. Die Mauern, so erzählten sich die Fischer, leiteten die Wärme des Tages in ein Gewölbe, dessen abendliches, weit über die Insel hinaus ersichtliches Glühen schon manches Schiff in die Irre geleitet hatte. Hier fand Ladeweik die sieben Flaschen und wartete die Nacht ab. Es wurde wärmer und wärmer, die Wände leuchteten heller, und Ladeweik schwitzte immer mehr. Um Mitternacht zog er behende einen Kreis mit des Doktors Medizin, um die Geister zu bannen. Es herrschte Grabesstille.

Ladeweik schraubte die erste Flasche, einen Flachmann, auf. Sogleich zischte eine Art Hans-Dampf heraus und wollte über den Bannkreis hinausziehen. Als ihm das nicht gelang, faßte die riesenhafte Erscheinung den Kobold unter sich ins Auge und sprach: „He da, weg da, aufgepaßt! Hier kommt der Piniergeist!"

Und Ladeweik entgegnete: „Freut mich, einen Gleichgesinnten zu treffen!" Der Kobold schleuderte den Flachmann von sich und traf damit den Gleichgesinnten. „Warum fängst du Streit an?" beschwerte sich der Geist.

„Ein wahrer Pioniergeist", sprach Ladeweik, „fängt mit allem gleich als erster an." Der Pioniergeist begann dafür als erster mit dem Beleidigtsein.

Der Kobold wandte sich der kugeligen Flasche mit dem ellenlangen Hals zu und mußte sich recken, um dieses gläserne Gebilde zu öffnen. Heraus quoll eine nebulöse Erscheinung, die immerzu ihre Gestalt änderte, sich geringschätzig umsah und schließlich

rief: „Ah, ich sehe, ich komme im rechten Augenblick! Hier mangelt es an Zeitgeist!" Aber Ladeweik widersprach.

„Keineswegs, ich gehe immer mit der Zeit. Spätestens wenn ich meine Aufgabe erfüllt habe, verabschiede ich mich. Und wann verabschiedet Ihr Euch, mein Herr, oder wollt Ihr mich aufziehen?" Der Zeitgeist trat statt dessen in den erhellten Hintergrund und zog lieber seine Uhr auf.

Als nächstes versuchte Ladeweik bei einer ordinären Weinflasche sein Glück und zog den Korken mit den Zähnen heraus. Zunächst geschah nichts, dann wurde ein Fähnchen geschwungen, und ein rotgesichtiger Kerl kletterte lallend heraus: „Wohlsein, du, und Prösterchen! Im Wein liegt Wahrheit, drum bin ich als Weingeist der einzig Wahre. Und du bist mein einzig wahrer

Freund, nicht wahr?"

Ladeweik ließ ihn wissen: „Ist dir bewußt, daß du eine Fahne hast, noch dazu eine weiße, und sehr ergeben bist? Wie du siehst, vermag ich auch ohne Rausch Flagge zu zeigen!" Betrübt rätselte der Weingeist über die Ungerechtigkeit des Lebens.

Die Hitze nahm zu, und der Kobold langte hastig nach einer Flaschenpost. Doch der Brief im Innern entpuppte sich als zusammengerolltes Gespenst, das aufgescheucht sogleich um Hilfe rief: „S.O.S.! S.O.S.! O, weh mir, o, weh uns allen! Nimm dich eines unschuldigen Flattergeistes an!"

Ladeweik brüllte: „Du machst mit deinem Gehabe ja die Pferde scheu!" Der Kobold verpaßte ihm eine saftige Ohrfeige, und der aufgebrachte Flattergeist zog sich kleinlaut in seine Flasche zurück, um sich selber leid zu tun. Die Luft begann zu flirren.

Aus der Feldflasche, die Ladeweik nun in Angriff nahm, fuhr säbelschwingend ein Skelett, das war rot wie Blut, und es brüllte: „Ich bin der Kampfgeist! Und wer selber Mumm in den Knochen hat und Kampfgeist besitzt, der hört auf mein Kommando! Kobold Ladeweik, ich befehle dir, dich mir zu ergeben!"

Doch der Kobold gab zu bedenken: „Wie das? Gehorche ich nicht, habe ich keinen Kampfgeist, lasse ich mich gefangen nehmen, besitze ich ebenfalls keinen." Da geriet der Kampfgeist ins Grübeln, und da er keine große Leuchte war, hatte er mit sich selber zu kämpfen, wobei er offenbar den kürzeren zog.

Zwei Möglichkeiten blieben: eine Korbflasche und ein Flakon. Ladeweik spürte, wie sein Mut sank, und entschied sich für die Korbflasche. Ihr entstieg ein unscheinbares Kind, das schwebte hinauf zur weißglühenden Decke und grämte sich. Als es nicht zu sprechen begann, fragte Ladeweik vorsichtig, wer es sei. „Ich bin ein Hausgeist, mein Herr", sprach das Geisterkind. „Ich wünschte, ich lebte wieder in einem Haus, denn Geister wie ich sind wandelbar, ja, sie können sich gut anpassen und vielgestalt zu Diensten sein. Man nennt unsereins auch Kobold. Aber Ihr seht nicht aus, als wenn Ihr das Verständnis eines Kobolds hättet."

Und Ladeweik erwiderte: „Wie konnte ich nur so außer mich geraten?" Da schlüpfte der Hausgeist in den gedankenverlorenen Ladeweik hinein, und der Kobold fuhr fort: „Was ist nur in mich gefahren?"

Flammen schossen rings um ihn empor,

aber das Höllenfeuer konnte Ladeweik nichts anhaben, denn er war wieder ein ganzer Kobold, konnte sich in die Lebendigkeit des Feuers hineinversetzen und sich seinerseits in ein tanzendes Flämmchen verwandeln. Er empfand Freude und dachte an die arme Maunzenfei. Als sein Blick auf den Flakon fiel, da befand er, dieser wäre doch ein schönes Versöhnungsgeschenk. Er verwandelte sich zurück und wagte, ihn zu öffnen, und eine federschwenkende Figur zeichnete sich im Gewölbe ab. Sie sprach: „Vernimm die Freud', gib dich mir hin, der ich ein wahrer Schöngeist bin. Umschmeichel mich, ich schärf' deinen Blick für Herrlichkeit und Himmelsglück!"

Ladeweik sprach: „Nicht mir erweist du einen Dienst, wenn du fortan mir erscheinst, doch kenne ich die Maunzenfei, die Leidende, bist du dabei?" Der Schöngeist nickte galant und kehrte in seinen Flakon zurück.

Nun aber fort von dieser ungastlichen Stätte, sagte sich der Kobold und verstaute den Flakon in seiner Jackentasche. Schon sprengten die befreiten Geister mit vereinter Kraft den Bannkreis und setzten noch einmal soviel Hitze frei, daß Pöllbuni schmolz und erlosch wie eine Kerze im Wind. Ladeweik, dessen Wandelbarkeit wieder grenzenlos war wie die Phantasie eines Kindes, hatte nicht nur seinen Gedanken Flügel wachsen lassen. Er flog unversehrt über das Fischerdorf hinweg und, dem Lauf des Flusses folgend, zu Maunzenfei nach Hause. Von nun an werden wir glücklich sein, freute sich der Kobold.

Und wenn dies ein Kinderspiel wär', dürfte er wohl recht behalten.

Der Eine und der Andere

Ausgedacht von Ulrich Karger
Abgeschrieben und illustriert
von Jörn Plenz

Der Eine war ein Mensch, der nur schlief, um sich für den kommenden Arbeitstag auszuruhen. Wachte er auf, rieb er sich erst mit der linken Hand das linke Auge und dann mit der rechten Hand das rechte Auge, bis aller Schlaf aus ihnen war. Beide Hände wurden dabei zu festen Ballen, die er nach dem Öffnen der Augen gegen die Wand am Kopfende des Bettes streckte. Das geschah alles sehr ausgiebig und genüßlich, bis der Eine sich anspornte: „Jetzt aber los!“

Dann schnellten die Fäuste plötzlich zum entgegengesetzten Ende des Bettes, und mit ihnen wurde der Oberkörper in die Senkrechte gezogen. Die Fäuste öffneten sich, um die Decke nach links beiseite zu wischen, während eine Drehung des Oberkörpers nach rechts die Beine über den Bettrand schleuderte. Mit festem Boden unter den Füßen war der Tageslauf kaum noch aus seinem gewohnten Gang zu bringen: Kaffeewasser aufsetzen, Kaffeepulver in die Filtertüte schütten, den Filter auf die Kanne stellen – zwischendurch ins Bad gehen und Zähne putzen – danach zum ersten Mal mit dem inzwischen kochenden Wasser den Kaffee aufgießen. Dann wieder ins Bad: den ganzen Körper waschen und hinterher gründlich abtrocknen. Nun zum zweiten Mal Wasser in den Kaffeefilter nachgießen, sich anziehen, den Tisch decken, ... und frühstücken!

Anschließend den Tisch wieder abdecken, Becher, Brett und Messer abwaschen und zum Trocknen auf die Spüle legen. Dann mit der einen Hand zur Türklinke, mit der anderen Hand nach dem blauen Kittel greifen. Jn seiner Werkstatt legte er sich dann das erste Stück zurecht, das es an diesem Tag zu bearbeiten galt.

Und dann arbeitete er.

Um diese Zeit schlief der Andere gerade ein. Er war ein Mensch, der schlief, um weiterträumen zu können. Erst wenn die Abendsonne durch das Loch im Verdunkelungsrollo einen ihrer Strahlen schickte und einen rotgelben Fleck an die Wand malte, mühte der Andere sich, seine Augen zu öffnen. Klappte dabei das linke Auge wieder zu, hüpfte der Fleck nach rechts, öffnete er es wieder, um dafür das rechte Auge zu schließen, hüpfte der Fleck nach links. Ping-pong, ping-pong. Dieser Übung widmete der Andere gern einige Zeit. Um den Sonnenuntergang aber nicht gänzlich zu versäumen, wühlte er sich schließlich aus dem Bettzeug und zog vorsichtig am Rollo. Jedesmal derselbe Schrecken, wenn sich das Ding selbständig machte und sich mit lautem Geratter an seiner Holzstange schier überschlagen wollte. Dann schaute er dem Farbenspiel am Himmel zu, bis es in seinem Zimmer fast wieder dunkel war. Im Schein einer gerade noch rechtzeitig entzündeten Kerze kleidete sich der Andere bedächtig an und füllte einen kleinen Ranzen. Derart ausgerüstet trat er vor die Tür und atmete tief die milde Nachtluft ein.

Er schlenderte zu seinem Lieblingsbaum, der ihm bei seinen Mahlzeiten aus dem Ranzen als Rückenlehne diente. Die aufkommende Brise zauste zwar die Blätter, aber außer einem Rascheln hatte der Baum nichts zu erzählen, dafür gluckste und gurgelte der nahe Fluß. Nachdem der Andere sich reinen Wein eingeschenkt hatte, waren ihm die Laute des Flusses eine geschätzte Tafelmusik.

Am gegenüberliegenden Ufer waren gerade die Lichter eines Hauses verloschen. Wer das wohl ist, der dort wohnt? Eine Frau, ein Mann, Frau und Mann, Frau und Mann und Kind? Nein, Kinder nicht, sonst hätte ihm längst der Wind Lachen und Weinen oder ein Papierschiffchen über den Fluß geschickt. Vielleicht mal eine Nacht verschlafen und in den Tag hineinträumen, um herauszufinden, was da vor sich geht, dachte er.

Aber das hatte Zeit. In den Wellen badete der milde Schein des Mondes – wie das glitzerte! Der Andere zog sich das Gewand vom Leibe und trat vorsichtig in die sanfte Strömung. Es war wunderschön, so von Licht und Wasser umspielt zu werden. Noch ein bißchen tiefer hinein mußte das Glück noch vollkommener sein, und dann atmete der Andere Mondenschein und Wasser, bis er sich erinnerte, daß er kein Fisch war und nicht schwimmen konnte.

Sehr laut rief er jetzt um Hilfe und wurde gehört.

Der Eine war ein Mann der Tat. Er knipste im Vorbeihasten das Deckenlicht im Wohnzimmer an und lief aus dem Haus, so wie er war, nämlich in Unterhosen. Sekunden später sprang er in den Fluß und erreichte gerade noch rechtzeitig den mit letzter Kraft um sich schlagenden Anderen.

Mit festem Griff packte der Eine den Anderen und schleppte ihn ans Ufer, wo der Andere im Lichtschein des weitgeöffneten Wohnzimmerfensters das verschluckte Wasser wieder ausspucken konnte.

„Na, dann kommen Sie mal mit...", sagte der Eine zu dem zitternden Anderen. In seinem Reich versorgte er den Anderen mit einem Handtuch und einem alten, aber warmen Bademantel. Dann vermengte er einen Becher schweren Rotweins mit heißem Wasser und reichte dieses Gebräu an seinen Gast weiter.

„So - bitte schön, das wird Ihnen sicher guttun." Das Zähneklappern des Anderen ließ ein wenig nach, und er räkelte sich in dem einzigen Sessel des Einen. Plötzlich fragte er sich und den Einen:

„Wie konnte das nur geschehen?"

„Ja, das würde ich auch gerne wissen. Können Sie denn nicht schwimmen?" „Warum?"

„Wenn Sie ins Wasser gehen, müssen Sie doch schwimmen können, oder wollten Sie etwa...?"

„Nein und nein. Ich meine, ich kann nicht schwimmen, und ich wollte auch nicht etwa..."

„Aber wieso gehen Sie dann ins Wasser?"

„Weil es so schön aussah. Wieso sind denn Sie ins Wasser gesprungen?"

„Wie bitte?" Der stellt vielleicht Fragen, dachten beide und schwiegen vorerst eine Weile.

„Kann ich noch ein bißchen bei Ihnen bleiben? Wenn meine Kleidung trocken ist, kann ich ja wieder hinüber."

„Das ist nicht möglich. Erstens würde alles wieder naß, und zweitens können Sie doch nicht schwimmen."

„Hmm..."

„Sie können ja erst mal hier im Sessel bleiben. Ich muß jetzt schlafen gehen."

„Wieso müssen Sie jetzt schlafen?"

„Weil ich morgen arbeiten muß!"

„Und warum müssen Sie morgen arbeiten?"

„Weil ich sonst nicht fertig werde!"

„Aha, na dann: gute Nacht."

Als der Eine in sein Bett stieg, konnte er nicht wie gewohnt sofort nach dem Ausknipsen der Nachttischlampe einschlafen. Seine Kunden würden sich ganz schön wundern, erzählte er ihnen von dem Besuch, dachte er. Nur - wie kommt der Andere auf die andere Seite, ohne daß er naß wird und dabei ersäuft, dachte der Eine als nächstes.

Es wurde eine unruhige Nacht. Für den Einen.

Der Andere wollte noch einmal aus dem Fenster schauen und löschte deshalb ebenfalls das Licht.

So sah das also im Mondschein aus. Da stand der Baum und etwas den Weg entlang sein Haus. Wie eng das beieinander lag. Aber nun war er hier, und Weg und Baum und Haus waren dort. Seltsam, seltsam...

Nachdem er das Licht wieder eingeschaltet hatte, stöberte der Andere in einem Bücherregal, in dem die Bücher nach Größe geordnet waren, und wurde fündig.

Der Andere wäre beinahe eingenickt, wenn ihn nicht die frühmorgendlichen Geräusche des Einen aufgeschreckt hätten. Der wollte doch erst mit dem ersten Sonnenstrahl aufstehen, wunderte sich der Andere. Da schaute der Eine ins Zimmer und erklärte:

„Heute nacht konnte ich lange Zeit nicht einschlafen. Deshalb bin ich noch einmal ums Haus gegangen und habe alle Fensterläden geschlossen. Sie haben das beim Lesen wohl gar nicht mitbekommen. Wenn Sie raussehen wollen, müssen Sie nur das Fenster öffnen. Die Läden sind auch von innen zu entriegeln."

Der Eine meinte es nur gut mit dem Anderen. Der hatte nämlich sehr angestrengt durch das Fensterglas auf die schwarz gestrichenen Holzläden gestarrt.

Mit einem „Ah ja, danke!" machte sich der Andere sogleich an dem Fenstergriff zu schaffen.

Der Eine hatte bereits auf dem Absatz kehrtgemacht, um das letzte Mal Wasser in den Filter zu schöpfen. Er knöpfte sich gerade das Hemd zu, als er den Anderen rufen hörte.

„Mein Gott, was hat er denn jetzt schon wieder," dachte der Eine. Beim Hereinkommen sagte er:

„Ja, was gibt es denn?"

„Schauen Sie mal, sehen Sie sich das an!"

Und der Eine schaute. Da war die Sonne, darunter der Fluß, dahinter ein Weg und ein Baum und ein Haus. Alles wie immer, nur daß es auf der anderen Seite noch ein bißchen regnete, während auf seiner Seite schon kein Wölkchen mehr den Himmel trübte.

„So schlimm ist das doch auch wieder nicht," dachte der Eine kopfschüttelnd. „Soll er doch hierbleiben, wenn er die paar Tropfen fürchtet."

Der Eine wollte in die Küche zurück. Aber mit den Worten:

„Sehen Sie es denn nicht, so viele Farben...," hielt ihn der Andere auf.

Tatsächlich, da war ein Regenbogen, der sich über den Baum, den Weg und das Haus spannte.

Ja, ganz schön, aber das lohnt doch diese

Aufregung nicht, wozu sollte so ein Regenbogenschon nützlich sein? Der Eine drehte die Frage um und um.

Der Andere freute sich einfach.

Da flüsterte der Eine plötzlich:

„Ich hab's!" und rief dann mit voller Stimme:

„Ich hab's!"

Einen Monat lang arbeitete der Eine, ohne einen einzigen Auftrag seiner Kunden zu erledigen, und der Andere half ihm, zwar ungeschickt, aber sehr bemüht. Freunde der beiden, die sich von ihren Vorstellungen hatten anstecken lassen, gesellten sich dazu.

Schließlich war sie fertig, und der Eine wie der Andere konnten nun trockenen Fußes über den Fluß zu Weg und Baum und Haus gehen und danach wieder zurück zum Haus des Einen.

Sie gingen mal zu zweit, mal alleine über das Wasser. Mal stand einer dem anderen gegenüber, dann rief der eine von beiden: „Jetzt!"

und sie gingen gleichzeitig los. Unter lautem Klatschen ihrer Freunde auf beiden Uferseiten schüttelten sie sich in der Mitte die Hände und gingen aneinander vorbei.

Die Brücke erfüllte ihren Zweck.

Die zwei Spiegel

Ausgedacht von Thomas Danner
Abgeschrieben von Gaby Nieuwenhuizen
Illustriert von Barbara Eckholdt

Der König war alt geworden, und er fühlte, daß sein Ende nah war. Seine letzte Sorge galt der Nachfolge, aber wenn er daran dachte, wer nach ihm das Land regieren sollte, wurde er noch kränker und schwächer, als er ohnehin schon war. Denn es waren ihm zwar zwei Söhne und eine Tochter beschieden, doch schien ihm keines der Kinder geeignet, den Thron zu besteigen.

Von den beiden Prinzen war jeder auf seine Art gut genug, das Reich des Königs zugrunde zu richten. Der eine war dumm wie ein frisch gelegtes Hühnerei und der andere faul wie kein zweiter im ganzen Land. Und die Prinzessin – naja, sie war weder dumm noch faul und hatte ihrem Vater bei seinen Regierungsgeschäften auch schon über die Schulter geschaut, aber Königin konnte sie auf keinen Fall werden. Zepter und Krone in den Händen und auf dem Haupte eines Weibsbildes – das hatte es ja noch nie gegeben!

Dem alten König blieb kaum eine andere Wahl, als das Schicksal entscheiden zu lassen, ob Dummheit oder Faulheit sein Land weiterregieren sollte. Er rief seine Söhne zu sich und sprach: „Ich werde schon bald an der Tafel meiner Ahnen sitzen. Wer aber meinen Thron besteigen soll, wage ich jetzt nicht zu bestimmen. Geht also in die Welt hinaus und lernt, was ihr für euer Leben und dafür, ein Reich wie meines zu regieren, lernen wollt."

Der dumme Prinz ließ sich sogleich ein Pferd satteln und stieg verkehrt–

herum auf. Seine Schwester, die Prinzessin, zeigte ihm, wie man auf einem Pferd reitet, und wenn sie ihm nicht auch noch den Weg aus dem Schloß gewiesen hätte, würde der Dumme heute noch im Kreis auf dem Hof herumtraben.

Wohin der Prinz auch kam, er wurde freundlich empfangen. Die Menschen kannten ihn und wußten, daß er aus purer Dummheit verhungern würde, wenn sie ihm nicht zu essen und zu trinken gäben. Der Prinz ließ sich das gefallen. Er ritt von Dorf zu Dorf und erreichte schließlich den großen Wald. Als er mitten im dichten Gestrüpp angelangt war, wo kein Weg mehr voranführte, teilte sich das Gebüsch, und die weise Frau des Waldes, dieselbe, die schon seinem Vater oftmals als Beraterin gedient hatte, trat hervor.

„Ich habe dich erwartet", sagte die Frau. „Schau her! Hier, wo kein Weg mehr zu sein scheint, siehst du zwei Spiegel. Der rechte Spiegel bringt dich auf den Pfad der Dummheit, der linke aber führt ins Land der Faulheit. Entscheide nun selbst, welchen Weg du einschlagen willst."

Der dumme Prinz dachte angestrengt nach.

„Na", sagte er nach einer Weile zu sich, „mein Vater hat mich oft genug dumm genannt. Er ist der König und muß es wohl wissen. Dumm bin ich also schon, und wenn ich dazulernen und Herrscher werden will, muß ich wohl den Spiegel der Faulheit wählen." Es gelang ihm, sein Pferd antraben zu lassen, und nach

DOCEO

einem schnellen Sprung durch den linken Spiegel befand er sich auch schon im Land der Faulheit.

Der faule Prinz hatte sich nach den Worten des Königs zur Mittagsruhe zurückgezogen, wie es seinen Gepflogenheiten entsprach. Als seine Schwester, die Prinzessin, ihn aber weckte und darauf aufmerksam machte, daß sein Bruder bereits unterwegs war, erhob sich der Faule. Er ließ sich zu seinem Pferd tragen und in den Sattel heben, und als die Diener ihm auch noch ein Kissen untergeschoben hatten, trabte er gemächlich davon.

Wohin er auch kam, er wurde freundlich empfangen. Auch ihn kannten die Menschen, und sie wußten, daß er aus purer Faulheit verhungern würde, wenn sie ihm nicht Speise und Trank vorsetzten. Dem

Faulen war's recht. Nach jeder Mahlzeit legte er eine Rast ein, und so dauerte es eine Weile, bis auch er den großen Wald erreichte. Als der Weg nicht mehr weiterzuführen schien, trat die weise Frau des Waldes auch vor den Faulen hin.

„Ich habe dich erwartet", sagte sie wieder, ehe sie auch ihm die Bedeutung der zwei Spiegel erklärte. Der Prinz richtete sich schwerfällig im Sattel auf.

„Nun", meinte er zu sich, „faul bin ich schon, wie jedermann am Hofe weiß. Wenn ich dazulernen will, muß ich wohl ins Land der Dummheit reiten." Er ließ sein Pferd antraben und verschwand mit einem Sprung im rechten Spiegel.

Kaum im Land der Dummheit angekommen, traf er auf einen Viehhändler, der ihm einzureden versuchte, daß man dazulande nicht auf Pferden, sondern auf Kühen reite. Der Faule aber, nicht dumm, ließ den Mann einfach stehen und trabte zum Schloß der Dummheit. Dort wurde er wie ein wahrer Königssohn empfangen. Und augenblicklich machten sich die berühmtesten Lehrer des Landes daran, ihn in allen Wissenschaften der Dummen zu unterrichten.

Der Faule erwies sich als gelehriger Schüler. Schnell lernte er, daß zwei und zwei gleich dreieinviertelkommaacht war, daß eine Tonne Daunenfedern schwerer wog als eine Tonne Eisen, und daß die Erde eine Scheibe war, von deren Rand die Seefahrer stürzten, wenn sie nicht acht gaben. Und als er schließlich seine Prüfung ablegte und dabei dem Hohen Rat der Dummen bewies, daß Bier aus

Tinte, Mäusedreck und Schnee gebraut wurde, da lobten ihn seine Lehrer und nannten ihn einen Wunderknaben.

Dem dummen Prinzen erging es im Land der Faulheit nicht viel anders. Kaum war er durch den linken Spiegel geritten, da baten ihn Diener, doch in die Kutsche umzusteigen, damit ihn das Reiten nicht anstrengen möge. Der Dumme, nicht faul, rutschte vom Pferd, setzte sich in die Kutsche und ließ sich zum Schloß der Faulheit fahren. Vier Diener trugen ihn ins Prinzengemach, legten ihn in ein Himmelbett, wo der Dumme erstmal ausschlafen sollte. Als er später erwachte, fütterten sie ihn mit Brot, Fleisch und süßen Früchten. Danach mußte er abermals ausruhen.

So ging es Tag für Tag. Hatte der Dumme ausgeschlafen, und gelüstete es ihn nach einem Ballspiel, trugen die Diener ihn in den Spielhof. Dort mußte er in der Sänfte sitzenbleiben und den Spielern befehlen, wohin sie an seiner Statt den Ball zu werfen hatten. Wollte der Dumme tanzen, tanzte der ganze Hofstaat für ihn, aber so gemächlich, daß das Zuschauen den Prinzen nicht zu sehr ermüdete. Und fand er Gefallen an der Jagd, hetzten die Jäger das Wild, bis es ermattet vor den Füßen des Prinzen niedersank. Wenn der Dumme dann, den Hirschfänger in der Hand, träge verharrte, ohne das Tier zu töten, applaudierte der Hofstaat und pries seine Faulheit.

Als der Dumme nun endlich auch faul

war, erinnerten die Diener ihn an die Heimreise. Sie führten sein Pferd vor, aber der Dumme bestand darauf, in der Kutsche zu fahren, in der er während der Reise viele Nickerchen zu machen gedachte. Also spannten die Diener die Pferde vor, trugen ihn in die Kutsche und wünschten ihm eine geruhsame Reise.

Auch der Faule, der nun dumm war, machte sich auf den Heimweg. Wieder traf er auf den Viehhändler, und diesmal fand er nichts dabei, auf einer Kuh zu reiten. Er tauschte sein edles Roß gegen ein plumpes Rindvieh und bezahlte den Händler obendrein noch mit seiner Prinzenkrone.

Der alte König war nun schon sehr krank, und es war bereits vorgekommen, daß er im Ministerrat vor Schwäche einfach eingeschlafen war. Allein die Vorfreude auf die Heimkehr seiner Söhne hielt ihn noch am Leben. Als er nun sah, daß sein fauler Sohn auf einer Kuh in den Schloßhof ritt und sein dummer Sohn sich von einem Kutscher in den Thronsaal tragen ließ, traf ihn beinahe der Schlag.

„Wer von denen soll nun mein Nachfolger werden", jammerte er, „wenn nun der Dumme auch noch faul ist und der Faule auch noch dumm, daß sie einander ähneln wie ein Ei dem anderen? Muß ich denn in Sorge um mein Reich sterben, weil die Entscheidung, dem faulen Dummen Krone und Zepter zu geben ebenso falsch wäre wie jene, den dummen Faulen regieren zu lassen?" Ratlos blickte er zu der weisen Frau des Waldes, die neben dem Thron stand.

„So reich doch dem einen Sohn das Zepter und dem anderen die Krone", riet sie leise lächelnd. „Es wäre doch nicht das erste Mal, daß ein Land von Dummheit und Faulheit regiert würde."

„Und bisher ist noch jedes dieser Reiche untergegangen, weil Dummheit und Faulheit einen schlechten König abgeben", empörte sich der alte Herrscher, und er war sicher, daß es seinem Reich auch so ergehen würde, wenn er seine Söhne regieren ließe.

„Dann bedenke, daß es noch eine andere Möglichkeit gibt, dein Land vor dem sicheren Untergang zu bewahren", sagte die weise Frau und nahm die Prinzessin bei der Hand.

„Nie und nimmer", brauste der König

ein letztes Mal auf, „wird ein Weib die Geschicke meines Reiches lenken, und sei es auch meine Tochter."

„Und wer, glaubst du, hat die Regierungsgeschäfte geführt, wenn du vor Schwäche auf dem Thron zusammengesunken warst?" beharrte die weise Frau. „Wer hat den Ministerrat geleitet und die Fragen deiner Untertanen beantwortet, während du deine Tage ohnmächtig im Bett verbrachtest? Deine Tochter. Sie ist klug und mutig und stark genug, ein Reich wie deines zu regieren und zu schützen."

So redete die weise Frau des Waldes auf den König ein. Der alte Herrscher blickte seine Söhne an, sah vom dummen Faulen zum faulen Dummen und wieder auf seine Tochter. Je länger die weise Frau redete, umso mehr fand er, daß es wohl das Beste für sein Land sei, wenn die Prinzessin Königin würde. Und ehe er noch seinen letzten Atemzug tat, überreichte er ihr Zepter und Krone.

Die beiden Prinzen waren erleichtert, und während die Prinzessin auf den Thron stieg, um das Land – wie man später hörte – mit Glück und Geschick zu regieren, ließen sich der dumme Faule und der faule Dumme in ihre Betten tragen, die sie von Stund an nur noch verlassen wollten, um Bier aus Tinte, Mäusedreck und Schnee zu trinken.

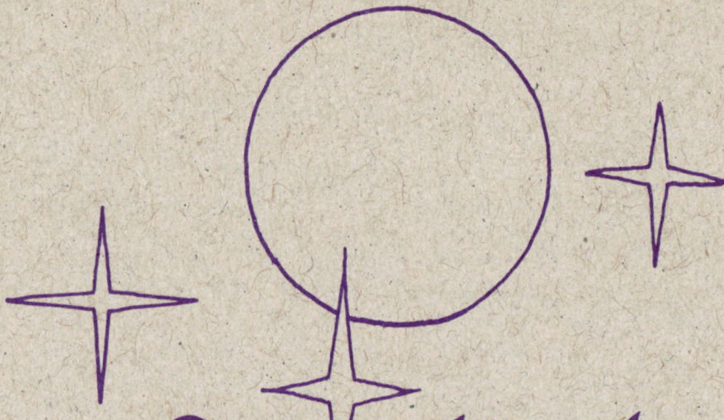

Das Märchen von Katze, Mann und Frau

Ausgedacht von Gabriele Kaltofen
Abgeschrieben von Gaby Nieuwenhuizen
Illustriert von Uta Clemens

Es war einmal ein Mann, der hatte eine Katze, und diese Katze liebte er sehr. Der Mann hatte auch eine Frau, aber die Frau liebte er weniger. Wenn der Mann von der Arbeit nach Hause kam, nahm er die Katze auf den Schoß und streichelte sie liebevoll und ausdauernd, so daß sie schnurrte und sich wohlig an ihn schmiegte. Der Frau war dies schon lange ein Dorn im Auge. Eines Abends, als der Mann sie noch kein einziges Mal angesehen oder angesprochen hatte, sagte sie zu ihm: „Ich wünschte, ich wäre deine Katze." Der Mann lachte nur, aber am nächsten Morgen lag seine Frau tot neben ihm im Bett. Er war sehr erschrocken und dachte daran, daß sie immer gut für ihn und das Haus gesorgt hatte, aber er konnte keinen Schmerz um sie empfinden.

Als er abends von der Arbeit kam, sah er auf den Stufen des Hauses eine fremde Katze sitzen. Er beugte sich sogleich zu ihr hinab, streichelte das weiße, glänzende Fell, hob sie vorsichtig auf seinen Arm und nahm sie mit ins Haus. Dort wartete bereits seine eigene Katze, die erstaunt zu ihm aufblickte und leise fauchte, aber er hatte keinen Blick mehr für sie übrig. Von nun an war die neue Katze des Mannes Liebling, und er wurde nicht müde, sie zu streicheln und zu kraulen, und sie schmiegte sich an ihn und schnurrte vor Wohlbehagen.

Es dauerte nicht lange, da sah die erste Katze krank und mager aus. Ihr Fell war stumpf geworden, und ihre Augen blickten matt, und irgendwann war sie einfach nicht mehr da. Der Mann fühlte kein Bedauern, hatte er doch eine Katze, die er mehr liebte als

jedes Wesen zuvor.

Im Laufe der Zeit aber mußte er sich eingestehen, daß es sich schlecht lebte ohne eine Frau, die für ihn sorgte, so wie er es gewohnt war. Er vermißte das warme Essen am Abend, die saubere Wäsche, das blankgeputzte Haus und den wohlbestellten Garten. So beschloß er, wieder zu heiraten.

Die neue Frau merkte schon bald nach der Hochzeit, daß er sie nicht um ihretwillen geheiratet hatte, sondern nur, damit sie ihn und das Haus versorgte. Sie grämte sich, wenn sie sah, wie er mit der Katze schöntat und sie ging leer aus. Anfangs hatte sie Zuneigung für das schöne Tier empfunden und wollte sie auch zeigen, aber die Katze duldete keine noch so leichte Berührung. Sie fauchte und kratzte, und einmal hatte sie sogar zugebissen. Die neue Frau hätte es dabei belassen können, der Katze aus dem

Weg zu gehen, aber das Tier machte ihr täglich neu zu schaffen, kippte den vollen Milchtopf um, wenn sie gerade den Boden geputzt hatte, lief mit schmutzigen Pfoten über frisch gebügelte Wäsche oder stieß die Blumentöpfe vom Fensterbrett, so daß die Erde auf die sauberen Kissen der Eckbank fiel. Die Frau schwieg darüber und dachte, das Tier würde sich an sie gewöhnen, zumal sie zunächst an Zufälle geglaubt hatte.

Da trug es sich zu, daß sich die Katze wie wild gebärdete und das gesamte Geschirr vom Tisch riß, der bereits für das Abendessen gedeckt war. Außer sich vor Schreck und Wut brach die Frau in lautes Weinen aus. Kurz danach kam der Mann von der Arbeit, und sofort lief ihm die Katze entgegen, die sich unter der Bank verkrochen hatte, und er hob sie hoch, und sie rieb ihren Kopf an seinem Arm. Unter Schluchzen erzählte die Frau, was vorgefallen war, aber der Mann glaubte ihr nicht. Und als sie nun auch von den anderen Missetaten berichtete, wurde er wütend und beschimpfte sie als Lügnerin. Dann ging er mit der Katze in das Schlafzimmer und schloß von innen ab. Die Frau mußte sehen, wo sie blieb.

Am nächsten Morgen war der Frühstückstisch gedeckt wie immer, und auch die Katze hatte ihr Schüsselchen mit Milch. Am Abend, als der Mann nach Hause kam, war der Tisch leer, und die Frau stand nicht wie sonst am Herd. Er rief sie, aber es kam keine Antwort. Erst jetzt fiel ihm auf, daß auch die Katze fehlte. Er suchte beide, aber ohne Erfolg. Als er endlich schlafen ging, fand er die Katze tot in seinem Bett.

Der Mann ohne Frau und ohne Katze hat nicht mehr lange gelebt. Abends saß er immer da und bewegte die Hände, als ob er etwas streicheln wollte, liebevoll und ausdauernd...

Naine, der Bär und der Zauberer

Ausgedacht von Ulla Diedrichs
Abgeschrieben von Gaby Nieuwenhuizen
Illustriert von Uta Clemens

Einst gab es in einem fernen Land einen König, der seinem Volk viel Gutes tat und bei allen sehr beliebt war. Dieser König nun regierte aber nicht allein. Ihm zur Seite stand eine stolze Königin, ein schöner junger Prinz und eine ganze Reihe von Ministern.

Da gab es zum Beispiel den Minister für Hühnerzucht, den Minister für Hütezählen, den Minister für bequeme Schuhe, den Minister für Geschichten und so weiter, was ein Königreich eben so braucht.

Eines Tages nun zerstritt sich der König, der an sich gut und weise war, mit dem Minister für bequeme Schuhe. Worum es ging, wußten wohl nicht einmal mehr die beiden. In jedem Fall gab es einen heftigen Streit. Die Folge war, daß der Minister an die Untertanen des Königs nur noch zu enge, zu weite, zu spitze, zu hohe oder zu häßliche Schuhe ausgab.

Das Volk hättet ihr sehen sollen! Keiner konnte mehr richtig gehen. Die einen humpelten, die anderen hüpften, einige versuchten sogar, auf den Händen zu gehen – was ihnen nicht so recht gelingen wollte.

Der König und die Königin sahen vom Balkon des Palastes aus diesem seltsamen Treiben eine Weile zu. Doch schließlich konnten sie die Not des Volkes nicht mehr ertragen, und der König beschloß, den Qualen seiner Untertanen ein Ende zu machen. Er befahl ihnen, ihre Füße von den Racheinstrumenten des Ministers zu befreien und in der nächsten Zeit barfuß zu gehen. Und schließlich verkündete er öffentlich die Entlassung des Ministers und schickte ihn

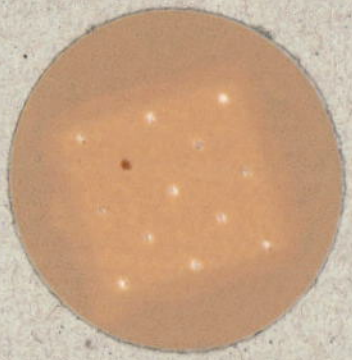

in die Verbannung. Diese Strafe erscheint ein wenig hart, aber angesichts der Blasen an den Füßen der Untertanen durchaus gerechtfertigt.

Der Minister aber schwor Rache. Und eines Nachts, als alle schliefen, schlich er sich mit seinem Diener in den Palast und raubte den königlichen Prinzen aus seinen königlichen Gemächern.

Ihr fragt euch vielleicht, wie der Minister denn hineingelangen konnte. Ob es denn keine Wachen gab und keine Alarmanlagen? Nun, ich hatte schon gesagt, daß der König sehr weise war und bei seinem Volk beliebt. Mehr als eine Wache war bislang nie nötig gewesen, und die hatte der Minister kurzerhand hypnotisiert. Er war nämlich außerdem ein sehr guter, wenn auch geheimer und ausgesprochen böser Zauberer!

Dieser durchtriebene Mensch entführte also zusammen mit seinem Diener den jungen Prinzen, indem er ihn im Schlafe auf eine weit entfernte Insel zauberte. Auf dieser Insel stand ein Turm mit einem dunklen Kellerverlies darin, und in diesem Verlies wachte nun der junge Prinz am nächsten Morgen auf.

Er war recht verdutzt, als er sah, wo er sich befand. Er war ja noch jung und mit Zauberei vollkommen unerfahren, und so konnte er nicht begreifen, wie er so plötzlich in diese kalte, feuchte Behausung, in der es von Ratten nur so wimmelte, geraten war.

Als erstes versuchte er, durch die Gitterstäbe zu entkommen. Aber er war nicht schlank genug. Dann wollte er die Gitterstäbe verbiegen. Doch auch das mißlang. Er rief um Hilfe, doch nur der Zauberer und dessen Diener hörten ihn. Und die hatten nichts Besseres zu tun, als sich auf die andere Seite des Gitters zu stellen und den armen jungen Prinzen zu verhöhnen! Ja, sie fingen sogar an, Schabernack mit ihm zu treiben: Der Zauberer verwandelte ihn der Reihe nach in ein Schwein, einen Affen, einen Seehund und einen Kranich, und der arme Prinz mußte allerlei Kunststückchen vorführen.

Doch auch im Königspalast war man inzwischen aufgewacht. Und der Schrecken war groß, als der junge Prinz fehlte. Nachdem man die Wache mittels eines Eimers kalten Wassers aus ihrer Trance geweckt hatte, berichtete diese, was ihr widerfahren war. Das trug nicht gerade dazu bei, den Schreck des Königs und der Königin zu mindern. Wie weinten sie! Und mit ihnen alle Minister und Untertanen.

Nur Naine nicht. Sie hatte, wie der Prinz, noch keine Erfahrung mit dem Zaubern und verstand nicht, weshalb das ein Grund zur Besorgnis sein sollte. Außerdem wurde behauptet, ihre Urgroßmutter sei als Hexe verbrannt worden und Naine habe ebenfalls magische Kräfte.

Sie dachte sich, es sei an der Zeit, diese einmal auszuprobieren. Sie nahm also ihren Reisigbesen, setzte sich darauf und flüsterte ihm etwas zu. Und Hui! ging es los. Ehe sie sich versah, flog der Besen sehr dicht über der Wasseroberfläche auf eine Insel mit einem erschrekkend düsteren Turm zu. Vor diesem Turm bremste er plötzlich, und Naine wurde unsanft in den Sand geschleudert. Sie warf dem Besen einen wütenden Blick zu, aber dann machte sie sich daran, die Gegend und den Turm zu erkunden. Aus dem Innern hörte sie merkwürdige Geräusche: Grunzen und Quieken, Geschrei und Gelächter - ihr wißt, warum, aber sie wußte es damals noch nicht. Sie dachte nach, stellte sich schließlich breitbeinig hin und rief den Zauberer heraus. Als der ihre Stimme hörte, wurde es für einen Moment sehr still im Turm. Sogar die Ratten erstarrten für einen kurzen

Augenblick. Dann traten der Zauberer und sein Diener heraus. An einer Leine hatte der Diener einen zotteligen jungen Bären, der etwas störrisch wirkte – ihr wißt, warum, aber auch dies wußte sie damals noch nicht.

Naine zitterte ein wenig, als sie den großen, mächtigen Zauberer erblickte, aber sie ließ sich ihre Furcht nicht anmerken. Noch einmal forderte sie den Zauberer heraus und er nahm an.

Und dann begann ein Kampf! So etwas Merkwürdiges habt ihr noch nicht gesehen und werdet es vermutlich auch nicht. Es blitzte und donnerte, die Wolken wurden zu Hilfe gerufen und wieder verscheucht. Naine und der Zauberer verzauberten sich selbst und einander in die unmöglichsten Wesen. Einmal war Naine ein Hase und der Zauberer ein Fuchs, doch Naine gelang es im letzten Augenblick, den Fuchs in eine Mohrrübe zu verwandeln. Ein anderes

Mal war Naine ein Baum und der Zauberer eine Axt, aber Näine verwandelte sich gerade noch rechtzeitig in einen Felsen, an dem sich die Axt schartig schlug. Und so ging es noch eine Weile weiter.

Schließlich wollte Naine den Zauberer in einen Pudding verwandeln, aber sie war ja noch nicht so sehr geübt im Zaubern. Und so stand statt dessen plötzlich ein großer Topf Honig da. Noch ehe der Zauberer oder der Diener reagieren konnten, riß sich der Bär los und machte sich gierig über den Honig her. Der Diener schrie auf und versuchte, den Bären wegzuziehen, aber es war zu spät. Weg war der Zauberer. Der Bär leckte sich noch einmal das Maul und grunzte zufrieden.

Naine war zunächst sehr froh, daß der Bär ihr einen Teil der Arbeit abgenommen hatte. Nachdem der Diener ihr aber mit unver-

hohlener Schadenfreude erzählt hatte, was es mit diesem Bären auf sich hatte, wurde sie blaß. Um das Malheur beim Namen zu nennen: Sie hatte keinerlei Ahnung, wie sie aus diesem Bären wieder einen Prinzen machen sollte. Also hob sie ihn zunächst einmal auf ihren Besen und flog mit ihm zum Palast zurück. Der Diener paßte übrigens nicht mehr mit auf den Besen. Und da er nicht zaubern konnte, blieb er allein auf der Insel zurück.

Im Palast war die Freude über die Rückkehr des Prinzen eher geteilt. Zumindest die Königin weinte beinahe noch mehr als vorher. Naine war ebenfalls sehr betrübt. Und sie versprach, so lange zaubern zu üben, bis sie einen Bären in einen Prinzen verwandeln könnte.

Ich habe eine Tante, die die Schwägerin der Freundin eines der Zimmermädchen im Palast als Nachbarin hat. Als ich diese Tante das letzte Mal sah, erzählte sie mir, daß Naine zwar Fortschritte mache, der Prinz aber immer noch ein Bär sei – wenn er sich auch mittlerweile etwas besser benehme. Es ist allerdings schon eine ganze Weile her, seit ich mit meiner Tante darüber sprach. Wer weiß, wie die Dinge jetzt stehen.

Yenda

Ausgedacht von Thomas Danner
Abgeschrieben von Maria Hackmann
Illustriert von Barbara Eckholdt

Das Dorf Yorgdal lag in einem tiefen Tal, umrahmt von schneebedeckten Bergen, fast abgeschieden von der übrigen Welt. Auf den Weiden an den Hängen grasten Kühe, und die Äcker rings um das Dorf waren so fruchtbar, daß die Bauern reiche Ernte einfahren konnten, wenn – wenn kein Unglück geschah.

Die Yorgdaler waren ein fleißiges Völkchen. Der Bäcker stand schon vor Morgengrauen am heißen Ofen, der Schmied hieb unablässig auf glühendes Eisen, und der Müller schleppte den ganzen Tag lang Getreidesäcke zur Mühle. Diese stand etwas außerhalb an einem kleinen Fluß und ratterte von früh bis spät, wenn – wenn kein Unglück geschah.

Denn in Frieden konnten die Yorgdaler ihrem Tagwerk nur nachgehen, wenn Thoron es zuließ. Thoron lebte in den Bergen, und wie alle Riesen in jener fernen Zeit war er ein wahrer Ausbund an Grausamkeit. Er stieß Bäume in die Wolken, damit den Bauern die Ernte verhagelte. Er warf tonnenschwere Felsbrocken in den Fluß und grub so der Mühle das Wasser ab. Und wenn Thoron lachte, so wie es damals nur die Riesen konnten, lösten sich Lawinen von den Hängen, und Ochsengespanne stoben in wilder Flucht davon.

Dem Yorgdaler aber, der in Thorons große Hände fiel, erging es übel. Der Riese pflegte ihn zu packen und von einer Pranke in die andere zu werfen. Er drückte ihn an seine Brust, schaukelte ihn wie eine hölzerne Puppe, und manch einen Yorgdaler hatte er dabei zu Tode gequetscht.

Beinahe wäre es auch dem Schmied so ergangen. Der Schmied war der stärkste Mann im Dorf. Er konnte seinen Amboß eine

stund
Gold
und

ganze Elle vom Boden heben, aber gegen Thoron hatte auch er nichts ausrichten können.

Der Schmied war froh, mit dem Leben davongekommen zu sein. Und er war dankbar, daß Yenda seine Wunden versorgte. Das Mädchen legte ihm Heilkräuterverbände an und stellte ihm Blumen ans Lager, deren betörender Duft die Schmerzen linderte. Ohne daß es sie jemand gelehrt hatte, schien sie zu wissen, welche Kräfte in den Pflanzen steckten.

Yenda kannte Thoron nur aus den Erzählungen der Dorfbewohner. Sie war ihm noch nie begegnet, aber etwas sagte ihr, daß die Zeit dazu nun gekommen war. Eine geheimnisvolle Macht lockte sie aus der Schmiede, und eine leise Stimme, die ihr sonderbar vertraut erschien, befahl ihr, zum Berghang zu gehen.

Yenda wußte, daß dort die kräftigsten Heilkräuter wuchsen. Aber sie dachte auch an die Warnungen der Yorgdaler: Wer sich zu weit aus dem Dorf wagt, wird ein Opfer des Riesen. Yenda war nicht eben mutig; sie wollte sich der Stimme widersetzen, aber sie hatte die Kraft nicht. Gegen ihren Willen lenkte sie ihre Schritte zum Berghang.

Eben hatte sie die ersten Kräuter gepflückt, da bebte die Erde auch schon unter Thorons Schritten. Ehe Yenda sich versah, hatte der Riese sie auch schon gepackt.

„Was willst du von mir?" rief Yenda ängstlich, als Thorons Gesicht dicht vor dem ihren war. Der Riese schnaubte durch die Nase, daß Yendas Haare wie im Sturm flatterten. Er hob seine mächtigen Brauen und betrachtete das Mädchen neugierig.

„Ich will dich ein wenig schaukeln", sagte Thoron mit seiner grimmig dröhnenden Stimme.

„Eure Menschenmütter wiegen ihre Kinder, die Menschenkinder wiegen ihre Puppen, und nun wiege ich dich also. Hoffentlich hältst du zarter Wicht das Schaukelspiel auch recht lange aus."

Thoron preßte das Mädchen an seine schwarzbehaarte Brust und tat so, als wolle er es in den Schlaf wiegen. Mit jedem Schmerzensschrei Yendas stieß der Riese ein zufriedenes Grunzen aus.

„Jetzt sollst du fliegen lernen!" brüllte er und warf Yenda auch schon hoch in die Luft. Das Mädchen schrie vor Angst laut auf, als sie nach unten blickte und Bäume, Wiesen und Blumen unter sich ganz winzig fand. Schauer liefen ihr eiskalt über den Rücken, und beinahe war sie Thoron sogar dankbar, als der sie mit seinen rauhen Händen wieder auffing.

„Bitte, laß mich hinunter!" flehte Yenda den Riesen an, aber der lachte nur dröhnend und

schleuderte sie wieder den Wolken entgegen. Yenda war sicher, daß ihr Herz jeden Augenblick vor Angst stillstehen müßte. Doch seltsam – mit einem Mal war die Luft nicht mehr schneidend und eisig. Der Wind legte sich wie ein warmer Mantel um Yendas Schultern, und fast schien es ihr, als würde sie von unsichtbaren Händen getragen. Sie sah zu den Wolken auf und meinte, ein Gesicht zu entdecken. Es kam ihr so vor, als hätte sie das Gesicht schon einmal gesehen, vor langer Zeit, noch ehe der Schmied sie in der Blumenwiege gefunden und zu sich genommen hatte. Sie erinnerte sich an die leise Stimme einer Frau und an Hände, die sie in ein Farnbett legten. Und Yenda hätte schwören können, daß es dieselben Hände waren, die sie jetzt zu umgeben schienen.

„Ich fliege", rief Yenda, „ich kann fliegen!"

Thoron richtete sich auf und packte sie in der Luft.

„Ich habe dich fliegen lassen", schnaufte er grimmig, „wenn ich gewollt hätte, könntest du auch zerschmettert auf der Erde liegen."

Thorons Lachen war furchterregend. Wenn er seine häßliche Fratze mit den großen, gelben, schiefen Zähnen zu einem Grinsen verzog, konnte auch dem mutigsten Helden angst und bange werden. Yenda schloß die Augen, und kaum hatte sie das getan, sah sie wieder dieses Gesicht vor sich. Das Gesicht lächelte ihr zu, und plötzlich wußte Yenda, daß sanfte Hände sie auffangen würden, sollte Thoron sie fallenlassen. Yenda öffnete die Augen, erhob sich in der Handfläche des Riesen und lachte ihn tapfer an. Laut wiederholte sie die Worte, die ihr ein freundlicher Mund zugeflüstert hatte:

„Ich kann fliegen wie der Wind,
wie die Wolke, so geschwind,
wie die Blumenfee es sagte,
als mein Blumenbett sie machte."

Thoron richtete sich zu voller Größe auf. Er war so groß wie die Berge. Er war riesig und grausam, doch dieses Menschenkind schien sich plötzlich gar nicht mehr vor ihm zu fürchten. Das Mädchen lachte ihn an, und jedes Lächeln traf ihn wie ein Hieb. Das war Thoron noch nie vorgekommen. Er nahm Yenda in beide Hände und drückte sie so fest an sich, wie er nur konnte.

„Warte nur", brüllte er mit einer Stimme, unter deren Last sich die Bäume bogen, „dein falsches Lachen wird dir noch im Halse stekkenbleiben. Gleich wirst du um Gnade betteln wie alle anderen vor dir."

Er preßte die Handflächen aneinander, um Yenda langsam zu zerquetschen. Doch so sehr er auch drückte, es gelang ihm nicht. Denn da war noch eine andere Macht, eine Hand, kleiner als seine Riesenfaust, aber kräftiger.

Yenda schaute zwischen zwei Fingern des Riesen hindurch, und noch ehe sie sich über ihren Mut wundern konnte, lachte sie Thoron wieder an und rief:

„Alle Riesen dieser Berge
werden, wenn sie angelacht,
unversehens winz'ge Zwerge.
Blumenkinder haben Macht."

Wutentbrannt schrie Thoron auf. Er hielt Yenda in seinen Pranken, als wolle er eine Nuß knacken. Aber seine Hände gehorchten ihm nicht mehr. Er wurde schwächer, und es schien ihm, als verlasse die ganze Kraft seinen mächtigen Körper. Noch nie hatte er sich so hilflos gefühlt. Rasend vor Zorn starrte er Yenda an.

Das Mädchen wurde immer mutiger. Sie wußte, daß auch Thoron der Macht der Blumen und der Kraft uralter Reime nicht gewachsen war. Sie lachte den Riesen an und sah, wie er sich unter ihrem Lachen duckte.

„Dummes Geschwätz! Weiberreime!" brüllte er verzweifelt. Doch auch seine Stimme schallte nicht mehr so dröhnend über die Berge wie in all den Jahren zuvor. Zum ersten Mal in seinem Leben hatte Thoron Angst. Er fühlte, daß eine eigentümliche Macht von ihm Besitz ergriff, eine Macht, die noch stärker wurde, als Yenda rief:

„Thoron, Thoron, werde stumm!
Deine schlimme Zeit ist um.
Es kann ein leises Feenlachen
aus Riesen stille Zwerge machen."

Thoron wollte seine Wut hinausbrüllen,

aber kein Laut kam über seine Lippen. Zu Tode erschrocken starrte er das Mädchen an. Er zuckte unter ihrem Lächeln zusammen. Die Augen gingen ihm über, und doch konnte er den Blick nicht von Yenda wenden. War es denn möglich, daß sie größer wurde? Wuchs sie etwa zu einer Riesin heran? Oder wurde er kleiner?

Thorons Rücken krümmte sich wie unter einer schweren Last. Sein Leib begann zu schrumpfen. Die Fäuste wurden kleiner, und bald konnten sie Yenda nicht mehr festhalten. Kraftlos ließ Thoron das Mädchen auf die weichen Kräuter am Berghang gleiten. Der Riese sank in sich zusammen. Bald war er ebenso groß wie Yenda. Oder so klein? Und nicht lange darauf überragten ihn schon die längsten Farne am Hang. Thoron fand sich in einem undurchdringlichen Dickicht wieder. Die Berge, deren Herr er eben noch gewesen war, waren plötzlich unendlich weit entfernt.

Thoron streckte seine Zwergenhände hilfesuchend nach Yenda aus. Das Mädchen ergriff ihn und nahm ihn in ihre Arme. Mit lachenden Augen blickte sie ihn an, und als sie ihn wie eine Puppe wiegte, sang sie mit leiser Stimme dazu:

„Thoron, bleibe klein und still,
so, wie die Blumenfee es will.
Nun bist du ein Zwergenmann,
der keinen mehr erschrecken kann."

Das Nebelkind

Ausgedacht von Christine Boell
Abgeschrieben von Gaby Nieuwenhuizen
Illustriert von Uta Clemens

In einem Land, weit von hier, stand an einem breiten, wild dahinströmenden Fluß eine windschiefe Hütte. Dort wohnte eine alte Frau ganz für sich allein. Ihre beiden Söhne waren zu den Soldaten gegangen, und sie hatte nie mehr etwas von ihnen gehört. Ihr Mann, der viele Jahre lang die Fähre über den Fluß geführt hatte, war beim letzten Eisgang ertrunken. Er hatte versucht, das kleine Mädchen zu retten, welches die beiden Alten bei sich aufgenommen hatten und das sich zu weit aufs Eis vorgewagt hatte. Der Fluß hatte weder die kleine Katharina noch den Fährmann wieder hergegeben, und so lebte die Frau traurig und einsam in der Hütte und versah den Fährdienst so gut es eben ging.

Oft saß die Alte am Flußufer bei den Weiden. Sie sehnte sich nach menschlicher Nähe und besonders nach dem kleinen Mädchen, das ihr der Fluß genommen hatte.

„Wie würde sich Katharina jetzt freuen", dachte sie, als der Frühling wieder Einzug hielt, die Lerchen in den blauen Himmel aufstiegen und die Schmetterlinge im Sonnenlicht tanzten.

„Wie würde mein kleiner Liebling mir jetzt helfen", seufzte sie, als sie die Wäsche am Flußufer auswrang und dann zum Trocknen über die Hecke breitete, die den kleinen Gemüsegarten hinter der Hütte umgab.

Eines Tages, als die alte Frau sich wieder einmal nach dem verlorenen Kind sehnte, war es ihr, als raune der Fluß ihr etwas zu. Wie an vielen Abenden stiegen vom Wasser, das breit dahinströmte, dichte Nebel auf. Sie wogten hin und her, drehten und formten sich zu ständig wechselnden Gestalten. Bald meinte die Frau, ihren Mann zu sehen, wie er das Fährboot steuerte, bald ihre beiden Söhne, wie sie winkend davonritten; bald war es, als liefe die kleine Katharina über den Fluß,

ohne das Wasser zu berühren. Dann hoben sich die Dunstschleier und zogen über das Ufer hin, verhüllten die Weiden und bedeckten die Wiesen und das Fährhaus.

Der Fluß aber murmelte vor sich hin: „Was die Liebe erträumt, was der Nebel gibt, rühr es nicht an. Vorbei die Zeit zu wiegen, zu kleiden. Einzig das Bild..., Freude im Haus..., Nebel nimmt."

So sehr die Frau sich bemühte, alles zu verstehen, was der Fluß ihr sagen wollte, es gelang ihr nicht. Sie ging zurück in ihre Hütte.

„Dummes altes Weib", schalt sie sich. „Träumst dir da etwas zusammen. Als ob der Fluß jemals gesprochen hätte." Sie bekreuzigte sich und hockte sich auf die Ofenbank, um sich aufzuwärmen. Vom feuchten Flußnebel war ihr kalt geworden.

Als sie so saß und zum Fenster hinstarrte, müde war und nicht mehr denken mochte, war ihr, als ertränken Haus und Garten, die Bäume und die Uferwiesen im Nebeldunst. Unter der Tür quoll der Nebel kühl herein. Die alte Frau erschauerte.

„Gott helfe den irrenden Seelen", murmelte sie.

Wie erschrak die Frau, als der Dunst sich zusammenballte, zu einer Gestalt gerann und endlich dastand als ein blasses, lächelndes Mädchen mit langem, grünblondem Haar und einem nebelgrauen Gewand.

„Guten Abend, Mutter", sagte das Kind. „Ob ich wohl bei dir bleiben darf?"

Da kam Leben in die Frau.

„Ach, du Armes!" rief sie aus. „Woher kommst du, wer bist du, wer sind deine Eltern?"

Das Mädchen antwortete auf alle Fragen immer nur: „Ich weiß es nicht."

Dazwischen aber sprach das Kind leise wie zu sich selbst, und die alte Frau meinte die gleichen Worte zu hören, die der Fluß ihr zugeraunt hatte.

„Was die Liebe erträumt, was der Nebel gibt, rühr es nicht an..., rühr es nicht an."

Da wurde der Frau klar, daß das Kind eines der unirdischen Wesen war, die manchmal in der Menschenwelt auftauchen, um das Leben mit einem Menschen zu teilen.

„Bleibe bei mir, liebes Kind", bat sie. „Ich werde dich so behandeln, wie du es wünschst, wenn ich nur nicht mehr allein sein muß." Das Mädchen lachte freundlich und antwortete: „Gern bleibe ich bei dir, will dein Leben mit dir teilen, dir helfen bei aller Arbeit. Einzig die Fähre über den Fluß mußt du allein führen. Und nie sollst du mich umarmen oder auf deinen Schoß ziehen. Eine Handbreit Abstand muß immer zwischen uns bleiben, sonst wirst du mich verlieren."

Die Frau versprach, alles, was das Kind forderte, einzuhalten. Sie wurde so froh, daß sie zu singen begann; all die kleinen zärtlichen Lieder,

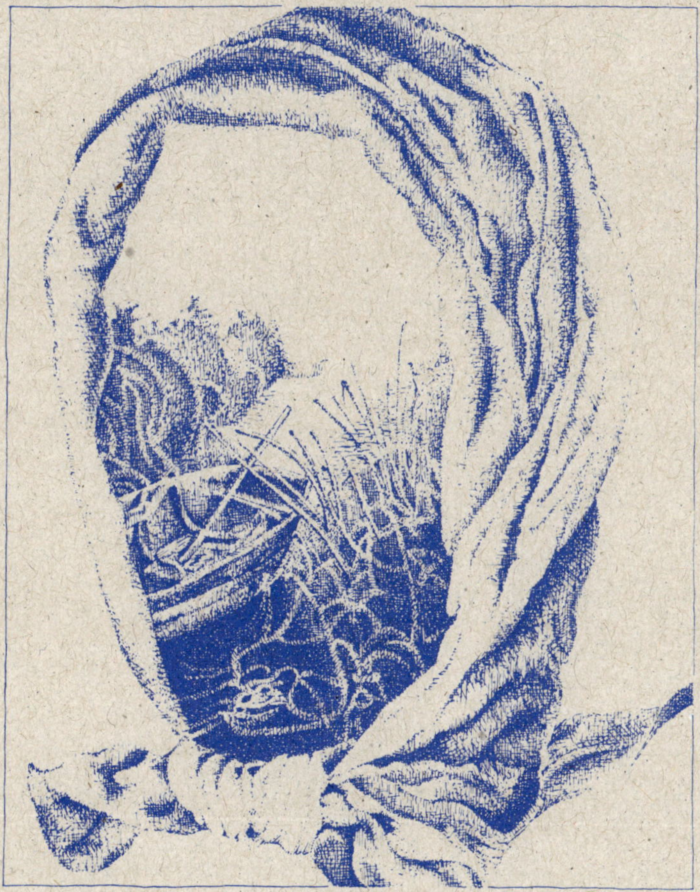

die sie vor langer Zeit ihren eigenen Kindern gesungen hatte und später noch einmal für die kleine Katharina.

„Ist es dir recht, wenn ich dich Isa nenne?" fragte sie das Mädchen.

„Oh ja, Isa gefällt mir", entgegnete das Nebelkind.

Beide setzten sich an den Holztisch mit den breiten Rillen. Die alte Frau aß und gab auch Isa etwas. Das Nebelkind aber aß nicht und trank nicht, sondern hielt sein Schüsselchen und den Milchbecher hoch und sang: „Nehmt, Nebel und Winde, für meine Freunde." Ein Luftzug ging durch den Raum, und Essen und Milch waren verschwunden. Isa aber sah so satt und zufrieden aus, als hätte sie die Schüssel mit Grütze selbst ausgelöffelt und die Milch selbst getrunken. Die Mutter war erstaunt und auch ein wenig gekränkt, hatte sie doch einen besonders dicken Batzen Butter auf Isas Grütze gegeben.

„Wird das immer so zugehen?" fragte sie.

„Gib mir Zeit", sprach das Nebelkind. „Bin ja erst geworden. Vielleicht morgen, vielleicht ein anderes Mal."

Da war die alte Frau zufrieden und ging zu Bett. Isa aber legte sich auf das schwarze Wachstuchsofa, ohne Decke und ohne Kissen, und lag da, so zart und durchscheinend wie der Nebel über dem Fluß beim Schein des Mondes.

Die beiden, das Nebelkind und die alte Fährfrau, blieben zusammen, und es gab kein böses Wort. Isa half bei aller Arbeit, sang und war immer guter Dinge. Ihr Schritt war leicht, als berührten ihre Füße den Boden nicht, und alles, was sie anfaßte, gedieh unter ihren Händen. Die Blumen im Garten hatten noch in keinem Jahr so üppig geblüht, die Kohlköpfe wurden dick und rund, und die Hühner legten besonders große, braune Eier.

Isa aß nicht und trank nicht und wuchs doch heran zu einem lieblichen Mädchen. Ihr Haar wurde nicht geflochten, und ihr Kleid blieb dasselbe, und doch war sie stets hübsch und sauber anzusehen.

Die alte Frau wurde indes wieder so froh wie in jungen Tagen. Sie steuerte das Fährboot über den Fluß und erzählte den Fährgästen von ihrer schönen Tochter. Doch niemand außer ihr selbst hatte das junge Mädchen jemals gesehen. Die Leute lachten und sprachen: „Die Tochter hast du dir wohl ausgedacht! Wie sollte das zugehen, daß man sie nie zu Gesicht bekommt?"

Die Frau wunderte sich sehr. Doch die Tochter bestätigte ihr: „Nur für dich bin ich sichtbar, liebe Mutter", und lachte glockenhell.

Da wurde die Fährfrau unzufrieden. Sie sagte: „Eine Tochter, die keiner sehen kann, wie soll mir das einer glauben? Die Leute werden sagen, ich sei irr geworden, das viele Unglück in meinem Leben hätte mir den Verstand geraubt. Nur einmal, liebe Tochter, ach nur ein einziges Mal zeige dich auch anderen Menschen."

Isa jedoch blieb dabei, nur für die Mutter sichtbar zu sein. Zum ersten Mal gingen die beiden ohne ein freundliches Wort zu Bett.

„An alle Abmachungen habe ich mich gehalten", dachte die alte Frau bitter. „Nicht ein Mal habe ich Isa über das Haar gestrichen, nicht ein Mal hat meine Hand sie berührt. Warum nur erfüllt sie mir nicht diesen kleinen Wunsch? Es ist doch das erste, worum ich sie bitte."

Am nächsten Tag war es, als hätte Isa die Gedanken der Mutter erraten.

„Wenn du anders nicht mehr froh sein kannst, so soll es denn sein. Ich werde für alle Menschen sichtbar sein. Doch sei besorgt, daß mich niemand berührt."

Und wieder zog das Raunen des Flusses herauf: „Was die Liebe erträumt, was der Nebel gibt, rühr es nicht an ..."

Wie froh war die Fährfrau, als alle, die des Wegs kamen, ihr bald bestätigten, daß in ihrem Hause das schönste Mädchen lebe, das man in der Gegend am Fluß je gesehen hatte.

Isa aber eilte, sobald sich Fährgäste näherten, in die Hütte. Sie stand am Fenster und winkte den Vorübergehenden freundlich zu. Die Kunde von der schönen Tochter im Fährhaus verbreitete sich bald im ganzen Land. Von weither kamen die jungen Burschen, um einen Blick auf das Mädchen zu werfen, das so ganz anders war als alle anderen.

Isa blieb zart und blaß, mit lichtgrauen Augen und grünlichblondem Haar. Ihr graues Kleid wehte um ihren Körper wie der Morgennebel über den Fluß. Ein Zauber war um das stille Mädchen, das mit niemandem sprach außer mit der Mutter. Bald hieß es, wer ihr in die Augen geschaut habe, um den sei es geschehen, der könne an keiner anderen mehr

Gefallen finden.

An einem stürmischen Abend kam ein fröhlicher junger Mann des Wegs. Er trug den Meisterbrief als Buchbinder in der Tasche und strebte seiner Heimatstadt zu. Freundlich bat er die alte Frau, ihn mit dem Fährboot über den Fluß zu bringen.

„Morgen gern, lieber Junge", sagte die Alte. „Siehst du nicht, wie wild das Wasser gerade heute tobt? Da ist kein Hinüberkommen. Willst du damit vorliebnehmen, so kannst du die Nacht über bei uns bleiben." Der Jüngling war einverstanden und folgte der Frau in die Hütte.

Als er Isa erblickte, die am Fenster stand, lächelnd und fremdartig, da überkam ihn ein Gefühl, wie er noch keines verspürt hatte.

„Wer ist die Schöne?" fragte er leise. „Ist das Eure Tochter?" Die Frau nahm ihn beiseite und erzählte ihm, wie das Nebelkind zu ihr gekommen war. Isa aber war zurückgewichen bis hinter den Ofen.

Doch ihre Augen verfolgten sehnsüchtig alle Bewegungen des jungen Mannes.

Die Nacht war stürmisch, und auch am nächsten Tag war noch kein Hinüberkommen über den Fluß. Das Wasser brodelte und kochte zornig, und der Dunst lag in dichten Schwaden über Ufer und Bäumen. Was blieb der Fährfrau übrig, als den jungen Mann noch länger zu beherbergen? Er erwies sich als gefällig und fleißig, spaltete Feuerholz und trug Wasser herbei. Doch seine Augen hingen an der schönen Isa und folgten ihr, wohin sie auch ging. Er meinte, ohne das Mädchen nicht mehr länger leben zu können.

Isa aber wich ihm aus und ging zum Fluß hinunter. Sie starrte in die trübe, aufgewühlte Flut und lauschte auf das Rauschen der Strömung.

„Aus dem Nebel geboren, unterworfen Nebelgeschick, flieh die Berührung, vermeintliches Glück ..."

Traurig kehrte Isa wieder ins Haus zurück.

„Laß mich", bat sie den Jüngling, der auf sie zutrat.

„Berührst du mich, so ist es mein Ende, und die alte Mutter ist wieder allein und verlassen."

„Was redest du da?" rief der junge Mann ungeduldig. „Das mit dem Nebel bildest du dir nur ein. Es gibt keine Nebelleute. Du hast dir das alles ausgedacht, um mich hinzuhalten und zu kränken. Laß dich nur ein einziges Mal küssen, und du wirst merken, daß du nicht vergehst, sondern recht eigentlich zu leben beginnst."

Isa aber wich vor ihm zurück und bat flehentlich, sie nicht zu berühren. Auch die alte Frau, die hereingekommen war, verbot dem Jüngling die dreisten Reden und sagte: „Morgen in aller Frühe, sobald die Sonne aufgeht, bringe ich dich über den Fluß. Bei deinen Leuten wirst du ein anderes Mädchen finden und mein Nebelkind bald vergessen haben."

Mißmutig legte sich der junge Mann auf die Ofenbank. Doch er fand keinen Schlaf. Isa ging ihm nicht aus dem Sinn, wie sie dalag in ihrem nebelgrauen Kleid auf dem schwarzen Wachstuchsofa. Der Mutter hinter dem Bettvorhang waren die Augen zugefallen, sie schnarchte.

Da hielt es den Jüngling nicht länger auf der Ofenbank. Leise erhob er sich und trat vorsichtig zu dem Sofa, wo das schöne Nebelkind lag, so licht und zart wie der Dunst über dem Wasser.

„Nur ein Mal", sagte er leise, „nur ein einziges Mal will ich sie küssen und dann entsagen." Er beugte sich nieder zu der Schlafenden und berührte mit seinen Lippen ganz leicht ihre helle Stirn.

Isa erschauerte. Ein klagender Ton, wie der Ruf eines Nachtvogels, entrang sich ihrer Brust. Die schöne Gestalt verschwamm vor den Augen des entsetzten Jünglings, löste sich auf, wurde grau und formlos, drehte und wand sich, erhob sich, zog klagend durch den Raum, strich über die schlafende alte Frau hin und verschwand unter der Tür ins Freie hinaus. Der Jüngling riß die Tür der Hütte auf. Er lief zum Fluß, immer dem Nebelstreif nach, bis er ihn nicht mehr erkennen konnte.

Das Nebelkind war wieder zum gestaltlosen Dunst über dem großen Wasser geworden.

Da kam auch die Fährfrau aus der Hütte.

„Unseliger!" rief sie. „Was hast du getan? Wo ist Isa? Warum mußtest du sie berühren? Ach, hättest du doch gehorcht!"

Die Alte weinte bitterlich, und auch der Jüngling war untröstlich.

Vom Fluß her aber raunte und murmelte es:
„Was die Liebe erträumt, was der Nebel gibt, rühr es nicht an..."

Der junge Mann aber nahm die Fährfrau mit in seine Heimatstadt und hielt sie bis zu ihrem Tod in Ehren, als wäre sie seine eigene Mutter.

Isa aber, das Nebelkind, konnten sie beide nicht vergessen, solange sie lebten.

Warum der Winter beinahe geblieben wäre

Ausgedacht von Biene van de Laar
Abgeschrieben von Jörn Plenz
Illustriert von Barbara Eckholdt

Es war einer jener angenehmen Nachmittage in der gemütlichen alten Gaststube. Metheglyn fühlte sich recht warm und müde - ein Zustand, der nur zum Teil auf das prasselnde Kaminfeuer zurückzuführen war. Mit einem letzten Seufzer stand er etwas unsicher von seinem Tisch mit dem leeren Krug auf. Drei Stundenkerzen waren schon abgebrannt seit dem Aufgang des Abendsterns, und noch hatte der Zwerg seine Arbeit nicht beendet. Also winkte er in Richtung Gaststube ein weitausholendes, fröhliches „Bis bald dann", das allen und niemandem im besonderen galt, und strebte so aufrecht und geradlinig wie möglich der Türe zu.

„Oh, diese verdammte Hitze", brummte er nur Augenblicke später in seinen mächtigen Bart, „hat doch die ganze Kraft aus meinen Knochen gesogen." Seine erfolglosen Versuche, den Türdrücker zu bewegen, endeten in einem wütenden Aufschrei: „Beim Heiligen Stein! Kann mir denn nicht mal jemand helfen, diese verfluchte Tür zu öffnen!"

„Jch wette, das liegt an dem Metfaß, das du heute geleert hast", neckte ihn der Wirt, der seine bärenhafte Erscheinung hinter dem Tresen hervorwälzte, um seinem Freund zu helfen. „Oder bestätigt dies nur die alten Gerüchte, daß Zwerge gar nicht so stark sind, wie sie immer behaupten?"

„Unverschämtheit, noch ein Wort mehr, und meine Axt macht aus deiner albernen Tür ein passendes Beispiel!"

Es sollte sich allerdings herausstellen, daß die Tür auch allen gemeinsamen Bemühungen trotzte.

„Bei allen Heiligen, dies ist wirklich seltsam", ließ der schweißüberströmte Wirt verlauten, „es fühlt sich fast so an, als würde jemand die Tür blockieren."

„Bei der Heiligen Mine, was immer es auch ist, es blockiert auch die Fensterläden", rief der Zwerg nur kurze Zeit später. Ziemlich befremdet stiegen sie die Treppe hinauf. Im oberen Stockwerk waren die Fenster halbblind von dem Schnee, der schon den ganzen Tag unablässig fiel – und während alle in sanftem Vergessen in den gastfreundlichen Räumen bei Bier und Wein saßen, schloß gleißend weißer Schnee das Gebäude von allen Seiten ein – bis er fast zum Dach hinaufreichte.

Das also war die Ursache ihrer Schwierigkeiten! Den Zwerg tröstete dies allerdings nur wenig. Er fand keine Ruhe; auf die eine oder andere Art mußte er hier hinauskommen! Er probierte alle Knäufe und Riegel – aber auch oben war es unmöglich, auch nur ein Fenster zu öffnen. Nachdem alles Fluchen und Versuchen gescheitert war, blieb dem armen Metheglyn nur noch ein Ausweg. Und so hievte er sich unter unablässigem Gemurmel und Gemeckere durch den Kamin nach draußen. Etwas schwindelig durch die Höhe (was wäre auch sonst als Ursache in Frage gekommen?) versuchte er sich vorsichtig auf dem Schornsteinrand aufzurichten. Dabei trat er auf seinen langen Bart und polterte kopfüber das Dach hinunter – mitten hinein in eine enorme, pudrige Schneewehe.

Als Metheglyn sich so weit herausgearbeitet hatte, daß er den Kopf über den Rand der Wehe strecken konnte, da wurde ihm eines so klar wie das helle Silberlicht des Mondes: Dieses Mal hatte er keine Chance, sein Heim in den Hügeln rechtzeitig zu erreichen. Und dies bedeutete auch, daß es ihm nicht möglich sein würde, die Bücher aus der Bibliothek zu holen. Die möglichen Auswirkungen seines Versagens hingen so dunkel über ihm wie die Wolke, die sich just in diesem Augenblick entschloß, den Mond zu verdecken. Der Zwerg machte sich mit lauten Flüchen ausgiebig Luft, bevor er sich

an das Unterfangen machte, aus der Schneewehe herauszukommen. Nach mehreren schweißtreibenden Versuchen konnte er sich endlich befreien. Aus dem Dunkel aber rauschte die Schneedecke vom Dach herab und traf den Zwerg völlig unvorbereitet...

Einige Felsbrocken beendeten die rasante Talfahrt der Lawine und ihrer Fracht unvermutet und schmerzhaft. Metheglyn rang nach Atem und versuchte, sich all des Schnees in Augen, Mund und Nase zu entledigen. Nach einigen Hustenanfällen konnte er endlich wieder atmen, ohne ständig Gefahr zu laufen, erneut Schnee in die Kehle zu bekommen. Noch etwas benommen schaute er sich um und versuchte in der Dunkelheit irgend etwas auszumachen, das ihm einen Hinweis zu geben vermochte, wohin ihn die Lawine getragen hatte.

Eine vertraute Felsformation ließ den Schluß zu, daß er sich bereits am Fuße der alten Höhlen und damit in der Nähe von Väterchen Frosts Halle befinden mußte – also genau dort, wo er sich zusammen mit den Büchern hätte einfinden sollen. Da er an der Sache mit den Büchern nichts mehr ändern konnte, ergab er sich seinem Schicksal und entschied, daß er den anderen genausogut gleich unter die Augen treten könnte. Er stolperte auf seine Füße und begann, sich seinen Weg durch den Schnee zu pflügen.

Der Mond war schon halb über den sternenglitzernden Himmel geglitten, als Metheglyn sich müde und schlecht gelaunt bis auf wenige Schritte seinem Ziel genähert hatte. Zu seinem Unmut erspähte er oben auf der Schneekuppe, unweit des Höhleneingangs, nicht nur die übliche Zwölferschar der Zwerge, sondern hinter diesen versammelte sich auch eine ganze Anzahl von Zwergenfrauen. Als man seiner gewahr wurde, begannen die Zwölf aufgeregt zu rufen. Metheglyn verstand kein einziges Wort von dem Durcheinander, und die gellenden Stimmen der anderen gingen ihm noch mehr auf die Nerven. Das Geschrei fand ein plötzliches Ende, als die Schar die traurige Gestalt ihres Archivars näher in Augenschein nehmen konnte: im Gesicht immer noch Rußschlieren, Haare und Bart schneeverklebt, die Kleider zerrissen – und die Hände leer. Wo war das vertraute Bündel, das die wertvollen Bücher hätte enthalten sollen?

Nachdem Metheglyn gebeichtet hatte, daß die Bücher aufgrund seines Kneipenbesuches fehlten, da setzten sich die aufrechten Zwerge schwer und unter Seufzern in den Schnee. Wie, beim Heiligen Stein, sollten sie jetzt ihrer alten Pflicht nachkommen?

Soweit die Erinnerung der hier ansässigen Völkchen reichte, waren es immer die Zwerge gewesen, die die Verantwortung für den Frühling übernommen hatten. Da die Zwerge so gut wie keine Kälte fühlten, eigneten sie sich wie niemand sonst dafür, Väterchen Frost in dessen riesiger Tropfsteinhöhle Geschichten vorzulesen, bis ihm vom Lachen zu heiß wurde und er sich zur Abkühlung im höchsten Norden in die Tiefen seines Eispalastes zurückzog. Man stelle sich nur vor, der Winter würde nie enden, und es gäbe keine Vögel und keine Knospen und keine Osterhasen auf den Wiesen! Niemals wieder! Die Zwerge krausten ihre Stirnen und rissen an ihren Bärten, sie schleuderten alle Flüche, die sie je gehört, in den Nachthimmel, aber einer Lösung kamen sie damit auch nicht näher.

Die Frauen hatten derweil Holz gesammelt, ein Feuer entfacht und es sich gemütlich gemacht. Ein betörender Duft stieg sacht über dem Kessel auf, während die Frauen ihre Männer amüsiert beobachteten. Du liebe Göttin, wie umständlich sie wieder waren! Der Mond hatte seine nächtliche

Himmelsfahrt schon fast beendet, als die Männer des Eintopfduftes gewahr wurden. Zögernd näherten sie sich dem Feuer.

„Setzt euch nur hin", luden die Frauen sie lächelnd ein, „eßt etwas, und hört uns ein wenig zu." Den Zwergen war ein bißchen unheimlich zumute. Wenn Zwergenfrauen so nachsichtig und fürsorglich klingen, dann muß etwas im Busche sein...

Die Männer waren noch vollauf damit beschäftigt, den köstlichen Eintopf in sich hineinzulöffeln, da rückten die Frauen näher heran und begannen, den Zwergen ein paar Vorschläge zu machen.

„Beim Heiligen Stein! Ja, das ist die Rettung!" rief der Alte Eisenbart plötzlich mit vollem Mund. „Diese Weiber sind gar nicht so dumm. Und kochen können sie auch noch!" Die Frauen verkniffen sich das Lachen und dachten sich ihren Teil.

Am Morgen des ersten Versammlungstages gingen die Zwerge die letzten Schritte zur Höhle hinauf. Und die Frauen machten sich ebenfalls auf den Weg.

„Beim Heiligen Amboß, ihr könnt nicht mit, das ist Männersache!“

„Männersache, von wegen! Aber den ganzen Tag euren trinkseligen Archivar im Schneegestöber suchen, dafür sind wir gut genug! Und wessen Köpfe hatten die rettende Idee? Wenn ihr denkt, daß ihr uns jetzt einfach nach Hause schicken könnt!“ Es nutzte nichts, die Sonne lugte bereits durch die kahlen Äste, und die Frauen ließen sich durch nichts umstimmen. So gaben die Zwerge notgedrungen klein bei, und die Frauen betraten zum ersten Mal seit Feengedenken die große Tropfsteinhöhle, die allenthalben als Halle von Väterchen Frost bekannt war. Kurz darauf, nach der zeremoniellen Begrüßung, ließen sich die Zwerge im traditionellen Halbkreis um Väterchen Frost nieder. Die Frauen setzten sich ganz selbstverständlich hinter die Männer.

„Wenigstens soviel Anstand besitzen sie", grummelte Biberzahn. Noch ein wenig Zurechtrücken und Gemurmel, auch einige unterdrückte Flüche waren zu hören, dann erhob der Alte Eisenbart seine sonore Stimme, um feierlich die erste Geschichte zum Besten zu geben.

Es war das erste Mal seit Zwergengedenken, daß sie nicht einfach aus dem Schatz alter Bücher vorlasen, der nach wie vor sicher und trocken in der Bibliothek lag. So erzählten sie zuerst die ihnen vertrautesten Geschichten. Väterchen Frost hatte es sich richtig bequem gemacht und lauschte mit geschlossenen Augen. Hin und wieder strich er sich über den Bart und brummte zustimmend.

Am nächsten Tag fuhren sie mit den weniger bekannten Erzählungen fort – soweit sie sich an jene noch erinnern konnten. Und so stotterte schon bald der erste und wußte nicht mehr weiter. Aus der zweiten Reihe aber erhob sich eine weibliche Stimme und erzählte die Geschichte zu Ende.

„Hast du jemals von so einem Schluß gehört?“ fragte Biberzahn.

„Nö, ist mir auch völlig neu. Wie kommen die Frauen dazu, einfach alles zu ändern? He, hört auf damit, wer hat euch überhaupt erlaubt, euch einzumischen?“ konnte Eisenbart sich nicht länger zurückhalten.

„Einmischung, hör sich das eine an“, unkten die Frauen, „ohne uns wüßten sie nicht eine Zeile weiter!“

Da polterte der Alte Eisenbart los: „Beim Heiligen Schmiedehammer! Jch bitte mir etwas mehr Respekt aus! Es ist keine Schande, daß wir Männer keine Zeit haben, uns außer den Minen- und Schmiedegeheimnissen auch noch alte Geschichten zu merken! Wozu haben wir die Bücher und unseren Archivar!"

„So ein Blödsinn! Wer hat denn all die Geschichten in den Büchern zum ersten Mal erzählt? Das waren unsere Ahninnen! Und wem habt ihr mit offenem Mund abends vor dem Herdfeuer zugehört? Euren Müttern und Großmüttern, die während des Spinnens und Webens uns allen die Zeit verschönten! Ohne die Frauen hättet ihr weder Kleidung noch eine einzige Geschichte für Väterchen Frost! Und jetzt seid endlich still und hört zu!" Bis ins Mark erschüttert saßen die Zwerge da und schracken gewaltig zusammen, als plötzlich das Lachen von Väterchen Frost durch die Höhle rollte.

„Gebt Frieden, Männer, gegen Frauen kann man nicht gewinnen. Wenn sie unbedingt wollen – dann laßt sie ruhig die Arbeit übernehmen. Wir werden uns derweil richtig amüsieren."

Und eine vergnügliche Arbeit und ein noch vergnüglicheres Zuhören war es. Wann immer eine Frau nicht weiterwußte, nahm die nächste mit einer guten Idee einfach den Faden auf und erzählte weiter. Und um die Wahrheit zu sagen, ihre Geschichten waren viel lustiger als jene in den Büchern. Auf der Stirn von Väterchen Frost schimmerte schon ein wenig Schweiß, und er mußte unablässig schmunzeln. Nur fünf Geschichten weiter mußte er so lauthals lachen, daß das Eis auf Flüssen und Bächen mit einem gewaltigen Krachen zerbarst. Und nach etwa acht Geschichten bat er um Gnade. Die Tränen in seinen Augen strömten um die Wette mit den Tropfen, die jetzt unablässig und mit zartem „plink, plink, plink“ von den Eiszapfen herabfielen.

Die Frauen hielten für eine Weile inne. Dann wechselten sie zu den traurigen Erzählungen. Nach „Sommerliebe“ und „Auf der hohen Klippe“ war nicht nur der Bart von Väterchen Frost durch-

weicht, auch den Zwergen war recht sonderbar zumute. Im Wald, auf den Wiesen und Feldern aber verlief sich der Schnee in kleinen Bächen und größeren Seen. Unvermutet hob Väterchen Frost die Hand und bat um Stille. Er neigte den Kopf und horchte angestrengt. Und als die letzten Worte verklungen waren, da hörte auch die Zwergenschar das perlende Lachen, das fröhlich über den schnell schmelzenden Schnee tanzte.

„Beim Heulenden Nordwind, jetzt ist SIE erwacht! Ihr habt gewonnen, liebe Freunde. Und Freundinnen, natürlich", verbesserte sich schnell ein wehmütiger Vater Frost. Er erhob sich von seinem schon recht angetauten Thron, hüllte sich fester in seinen weiten, weißen Mantel und trat vor den Eingang der Tropfsteinhöhle. Dort draußen, unten beim Fluß, erspähte er eine schlanke Gestalt. Die Zwergenschar drängte sich hinter ihn, und auch sie erkannten die Erscheinung. Obwohl sie ein wenig geblendet wurden vom blitzenden Sonnenlicht, gab es doch keinen Zweifel. Und auch Väterchen Frost spürte es in seinen Knochen. SIE war zurückgekehrt. So verabschiedete er sich rasch vom Zwergenvölkchen und verließ die Höhle inmitten wallender Mantelfalten und eines letzten Schneewirbels.

Bevor die Augen der kleinen Gruppe sich an das glitzernde Licht außerhalb der fackelerleuchteten Höhle gewöhnt hatten, waren die meisten schon fast den Abhang zum Fluß hinuntergelaufen. Das perlende Lachen war verklungen – aber entlang des gesamten Flußufers schwankten kleine, weiße Blüten in der ersten sanften Brise. So war es also wahr. SIE Die Den Frühling In Den Augen Trägt, wandelte wieder über die Erde..., für die Zwerge aber würde nichts mehr wie früher sein.

Den armen Metheglyn traf es am härtesten. Seine Strafe für jenen denkwürdigen Kneipenbesuch verlangte, daß er alle neuen Geschichten niederzuschreiben hatte. Viele Monde verbrachte er mit dieser Arbeit. Seine Freunde aber zeigten eine gewisse Einsicht: So durfte Metheglyn mit Beginn des Herbstes in den Gasthof ziehen, in dem er seither zwei Räume unter dem Dach bewohnt. Der bei weitem größte ist vom Boden bis zur Decke mit Büchern angefüllt, und nur eine kleine Stube beherbergt Metheglyn und seine persönlichen Dinge. Bisher hat er sich allerdings nicht beschwert – mit der gemütlichen Gaststube in sicherer Reichweite, unabhängig vom Wetter...

So lebt er glücklich zwischen Büchern und Metfässern. Und die Tropfsteinhöhle hat er nie wieder ohne ein Buch betreten. Ein Buch, in dem er sogleich all die Geschichten niederschreibt, die die Zwerge und ihre Frauen zum Ende des Winters in trauter Eintracht spinnen.

Alle,
die an diesem Buch
mitgemacht
haben

Barbara Eckholdt

1953 in Hamburg geboren,
noch immer hier wohnhaft

Biene van de Laar

Hamburgerin von 1959, nach Zwischenstationen im Schwäbischen, in England, auf See und wieder in Hamburg aufs Mecklenburger Land in einen 300 Jahre alten (Alp) Traum von Bauernhaus verzogen. Neben Renovieren mit Studieren, Greenpeace, Katzen, Mann und Garten immer noch nicht ausreichend beschäftigt.

Christian Schloßer

Ich lebe, liebe und leide
noch immer in Berlin, und obwohl
ich tagein, tagaus Flaschen öffne,
finde ich nicht den passenden Geist.
Wer weiß Rat?
Aber kommt mir nicht mit
Klosterfrau Melissengeist!

Christine Boell

lebt nach bunten Familienjahren mit sieben Kindern, Hunden, Katzen und anderem Getier zurückgezogen in Ludwigswinkel in den "großen Wäldern". Sie schreibt Gedichte, Erzählungen und viele Märchen für kleine und "große Kinder".

Gabriele Kaltofen

geboren in Berlin, Wahlheimat Dortmund, verheiratet, drei erwachsene Kinder, seit 1987 Mitglied der Dortmunder Autorinnen-Gruppe "Grüne Feder".

Gaby Nieuwenhuizen

23 Jahre. Ich bin eine große Leseratte mit Vorliebe für Kinder- und Märchenbücher. Da ich außerdem sehr gerne zeichne, freue ich mich besonders, einmal selbst an einem Buch mitwirken zu dürfen.

Jochen Quast

1964 in Hamburg geboren.
Gelernt habe ich Fotograf, und meine Leidenschaft gilt immer mehr der Illustration.
An diesem Buch habe ich die Titelillustrationen zu den Geschichten erstellt.

Jörn Plenz

42, Grafiker.
Da ich jetzt viel mit Computern arbeite, ist das Abschreiben und Illustrieren ein idealer Ausgleich.

Maria Hackmann

geboren 1965, Bürokauffrau.
Ich bin zum siebten Mal dabei und entdecke immer wieder neue „Sterne".

Robert Habeck

Jahrgang 1969, nach Abitur in Kiel und anschließendem Zivildienst seit 1991 Studium der Germanistik und Philosophie in Freiburg, Roskilde (DK) und Hamburg.

Thomas Danner

Bauj. '61, Nebentätigkeit als freier Schriftsteller, seit '87 zahlreiche Veröffentlichungen in Anthologien, Zeitschriften, Rundfunk. Zuletzt meist Kindergeschichten, erstes Kinderbuch erschien '92, ein nächstes ist als Bilderbuch für '93 geplant.

Ulrich Karger

Jg. '57, lebt in Berlin.
Im Herbst '93 erscheint bei BOJE sein erstes Kinderbuch "Familie Habakuk und der Ordumok" nach den gleichnamigen "Radiogeschichten für kleine Leute" in der SFB-Reihe Ohrenbär

Ulla Diedrichs

Ich bin am 06.10.1968 geboren, lebe in Münster, studiere Psychologie und mache Pantomime.

Uta Clemens

Frau mit Lebens-Mut und Schaffens-Wut. Wohn-Haft im Neandertal.

Dank für's Korrekturlesen:

Jutta Buchwald

Druckvorbereitung:

Jochen Quast

Inhalt

märchenhafte

GESCHENKE

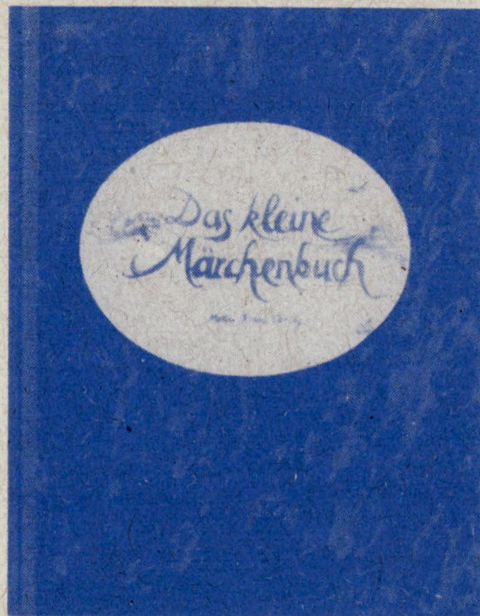

märchenhafte GESCHENKE